psicología
y
psicoanálisis

DIRIGIDA POR OCTAVIO CHAMIZO

traducción de
GLENN GALLARDO

LA METAPSICOLOGÍA

por
PAUL-LAURENT ASSOUN

siglo veintiuno editores, s.a. de c.v.
CERRO DEL AGUA 248, DELEGACIÓN COYOACÁN, 04310, MÉXICO, D.F.

siglo xxi editores argentina, s.a.
LAVALLE 1634, 11 A, C1048AAN, BUENOS AIRES, ARGENTINA

portada de marina garone

primera edición en español, 2002
© siglo xxi editores, s.a. de c.v.
isbn 968-23-2372-x

primera edición en francés, 2000
© presses universitaires de france, parís
título original: *la métapsychologie*

derechos reservados conforme a la ley
impreso y hecho en méxico / printed and made in mexico

INTRODUCCIÓN

METAPSICOLOGÍA Y PSICOANÁLISIS

> Por otra parte, te pregunto seriamente si para mi psicología, que desemboca en el segundo plano del inconsciente, "es lícito usar el nombre de metapsicología".
>
> S. FREUD, carta a Wilhelm Fliess del 10 de marzo de 1898, en *Los orígenes del psicoanálisis*, O.C., I, p. 316.

Mediante este gesto simbólico, el creador del psicoanálisis Sigmund Freud toma una decisión en cierto modo histórica: inventar una palabra –"metapsicología"– para darle un nombre a la teoría fundamental del psicoanálisis. Así pues, es efectivamente de la "metapsicología freudiana"[1] de lo que se va a tratar aquí.

El lector ignorante del vocabulario propiamente psicoanalítico podría creer encontrar detrás de este término una muy distinta "mercancía", algo como una "parapsicología" o una especie de psicología de resonancia metafísica. En realidad, como se verá, el neologismo acuñado por Freud fue utilizado paralelamente dentro de perspectivas no solamente diferentes sino incluso radicalmente ajenas a la "ciencia" de los "procesos inconscientes" (*infra*, pp. 10-11). Este carácter equívoco del término ha afectado

---

[1] Paul-Laurent Assoun, *Introduction à la métapsychologie freudienne*, PUF, "Quadrige", 1993.

probablemente a su inteligibilidad, e incluso a su reputación. "Metapsicología", término que fue certificado en una carta del 13 de febrero de 1896 a Wilhelm Fliess, es al mismo tiempo la "piedra de toque" teórica del psicoanálisis y objeto de una especie de desconfianza reverente de los mismos psicoanalistas, que sólo la emplean con extremada precaución. Freud compromete en todo caso aquí su identidad teórica –la del "freudismo".[2] El creador del psicoanálisis es indisociablemente el primer "metapsicólogo", y eso seguramente se deriva de su propio deseo: "Otorgo también un mayor valor a mis inicios en la metapsicología", declara en la misma carta en la que anuncia su decepción respecto a la "escena primordial", el 21 de septiembre de 1897 (*Los orígenes del psicoanálisis*, O.C. I, p. 301).

En el momento en que la hace nacer, Freud califica de manera simpática a su metapsicología de "hijo problema". Se trata efectivamente del "hijo" amado del pensador del inconsciente –"*mi* psicología", dice, a la manera de un padre orgulloso y posesivo–, pero también un hijo "problemático"; o mejor: una progenitura problemática, que es necesario volver a engendrar y a traer nuevamente a la existencia, tratando de legitimarla progresivamente en las pilas bautismales de la ciencia... Cuando se piensa que, medio siglo más tarde, lo llamará "hechicera", se comprende, mediante el empleo de tales imágenes, la carga de connotación de este acto. Creación del periodo de la travesía del desierto y del "autoanálisis", del que sólo puede hablar al amigo Fliess, el médico berlinés que es su confidente y su aliado.

---

[2] Paul-Laurent Assoun, *Le freudisme*, PUF, "Que sais-je?", 1990.

LA METAPSICOLOGÍA
O EL OTRO NOMBRE DEL PSICOANÁLISIS

La metapsicología es el "núcleo" teórico del psicoanálisis, es incluso su otro nombre, su denominación un tanto cuanto "esotérica", pero por lo mismo distintiva. El psicoanálisis es un método de investigación de los procesos inconscientes, un modo de tratamiento de las perturbaciones neuróticas y una serie de concepciones psicológicas que tienden a la categoría de "ciencia" (*"Psicoanálisis" y "teoría de la libido"*), la metapsicología representa la *superestructura teórica* de este conjunto. Podría verse en ella a una especie de hijo bastardo de la "metafísica" y de la "psicología", en tanto que se mantiene indefectiblemente *en el horizonte de la ciencia*, al mismo tiempo que intenta acoger favorablemente a una forma de "transobjetividad", precisamente porque "el inconsciente" es un "objeto" que rebasa a la psicología en el sentido corriente. Es debido a que el psicólogo es "rebasado" por el inconsciente por lo que es preciso crear una metapsicología, apta para tomarlo en cuenta. Disciplina árida, es cierto, pero, como conviene señalarlo desde un principio, la carne de la metapsicología es el "material" clínico. La metapsicología no es otra cosa sino aquello que eleva la experiencia analítica a la altura de un *saber*.

Aquí llegamos a la fecunda paradoja de esta noción: se trata sin duda del "corazón" mismo de la teoría psicoanalítica. Todos los conceptos psicoanalíticos mayores –en la elaboración al mismo tiempo móvil y rigurosa que de ellos hizo Freud– representan especies de ese tipo que es *el* concepto metapsicológico. Pero este término, que ha servido de "nombramiento" a esta ambición, especie de ideal regulador de la teoría psicoanalítica, no ha sido objeto de una síntesis acabada. Aún más: sus definiciones han ido en evolución, de modo que es esencial, para penetrar en la metapsicología, proceder a una (re)construcción de su definición, archivando las sucesivas formulaciones que Freud ofrece en el transcurso de la génesis de su obra.

LA METAPSICOLOGÍA FREUDIANA:
PARA UNA DEFINICIÓN

La localización de las definiciones más explícitas de la metapsicología en la obra freudiana permite al menos despejar en ella tres aspectos o funciones.

1. *La metapsicología, "psicología del inconsciente"*

En el primer texto publicado –en 1904– en el que introduce el término "metapsicología" (que utilizaba a título privado desde mediados del decenio de 1890), Freud lo equipara con la "psicología del inconsciente" (*Psicopatología de la vida cotidiana*, O.C. VI, p. 252). Ésta retraduce la "construcción de una 'realidad suprasensible'", que a su vez expresa un acontecimiento "endopsíquico" (véase *infra*).

Dado que el "inconsciente" es esa "hipótesis" que conviene introducir en la psicología que, en su concepto tradicional, la excluye, es preciso entender que *la psicología del inconsciente no puede ser sino una meta-psicología*. Freud suele utilizar con regularidad la expresión "psicología de las profundidades" *(Tiefenpsychologie)* para subrayar esta dimensión subterránea de la investigación de los procesos llamados inconscientes.

¿Por qué entonces acuñar esta palabra? Es debido a que la psicología clásica –aquella que Freud llama "psicología de las escuelas" o "académica"– no puede integrar, salvo algunas excepciones, el pensamiento del inconsciente, mientras que los filósofos son reacios a ello en principio –las grandes excepciones confirman esta regla.

El término "inconsciente", presente desde el siglo XVIII, es recurrente en una buena cantidad de discursos, como lo ha establecido Lancelot Whyte (*El inconsciente antes de Freud*, 1960). El término *unconscious* aparece desde 1751 en inglés, en los *Essays on the Principles of Morality and Religion* de Henry Home Kames (1696-1782) y el término *Unbewusste* es utilizado por Ernst Platner (1744-1818), discípulo de Leibniz y Wolf, en sus *Philosophische Aphorismen*. En el siglo XIX, aparece en la "Filosofía de la Naturaleza" y en la "Medicina romántica" (Carus) y "trabaja" las obras de Schopenhauer y de Nietzsche, en tanto que Edouard von Hartmann elabora con el nombre de "Filosofía del inconsciente" (1873) una metafísica que se halla a mil leguas de la metapsicología. Freud reconoce en Theodor Lipps (1851-1914) la primacía de una psicología del inconsciente (en *Grundtatsachen des Seelenlebens*, 1883).

La metapsicología –con su *Unbewusste*– representa una "ruptura epistemológica" respecto a la totalidad de los discursos literarios, filosóficos, psicológicos y neurológicos. Es preciso entonces pensar en algo que sea al mismo tiempo irreductible a la psicología y a la metafísica. Lo que se impone entonces es una meta-psicología, es decir, una psicología de los procesos que conduzcan *más allá* del consciente, y que encontraría su lugar –un tanto cuanto "atópica"– *al lado* de la psicología (doble sentido del prefijo "meta").

Con esto, Freud acuñaba un término que tenía por una parte una prehistoria, y por la otra una utilización contemporánea, con muy diferentes sentidos. Según Ferenczi, "algunos filósofos designan de esa manera los capítulos de la metafísica misma, que tratan de los principios más elevados de la concepción del universo". Sobre todo, "los ocultistas recuperaron igualmente este término, utilizándolo para situar sus observaciones y sus teorías en un plano científico". De ese modo hace alusión al empleo que Charles Richet, en su *Traité de metapsychique* (1923), hace del término "metapsíquica", definida como "la ciencia que estudia todos los fenómenos debidos aparentemente a fuerzas inteligentes desconocidas, incluyendo en esas inteligencias desconocidas los sorprendentes fenómenos intelectuales de nuestras inconsciencias" –fórmula cuyo carácter un tanto enrevesado refleja un equívoco. Señalemos a título de curiosidad que el adjetivo "metapsicológico" aparece con la pluma de Léon Daudet: en *L'Hérédo* (1916) se hace alusión a una serie de estudios filosóficos... "metapsicológicos", entre "materialismo" e "intuitivismo", es decir "tomando en cuenta los hechos y rebasándolos". Igualmente, el amor es definido como "la conjunción de dos ellos, lo que metapsicológicamente sería un nuevo ser". El término "metapsicológico" está registrado en los "Materiaux pour l'histoire du vocabulaire français. Pathologie mentale et disciplines connexes", 29 (1895-1930, CNRS, Klincksieck, 1986, pp. 204-205). Se comprende: los neologismos "metapsíquico", "metapsicología" fueron acuñados para dotar de una "apariencia de cientificismo" a una especulación símil metafísica con pretensiones experimentales, antes de ser remplazadas por el término "parapsico(lógico)logía" –a partir de los trabajos de J.B. Rhine en la Duke University en el decenio de 1930, lo que se consumó desde los años cincuenta. El trayecto freudiano que conduce a este término es diametralmente simétrico: permanece en el ámbito mismo del concepto de ciencia –lo que lo vuelve ajeno a toda tentación "ocultista"–, introduciendo al mismo tiempo en la ciencia el pensamiento de procesos –inconscientes– que ésta rechaza.

Por otra parte, es necesario hacer notar que Freud habrá de tomar posición respecto a tal o cual fenómeno que se derive de la "metapsíquica" o "parapsicología", como la telepatía y los sueños premonitorios (véase las páginas 110-111). Regis y Hesnard definen "la doctrina de Freud" como "una especie de Metapsiquiatría", en analogía con un término de Kraepelin (*La doctrine de Freud et de son école*, 1913) –término que, sinónimo de "freudismo", se vuelve peyorativo en la pluma de Halberstadt (1924).

Decir que la metapsicología es "la psicología del inconsciente", no significa decir que ella se ocupa *únicamente* del inconsciente. Resulta fundamental subrayar que ésta tiene, en un sentido, el alcance de una "psicología de la normalidad" (véase *infra*, p. 107): así, es igualmente fundamental la respuesta que se diera al problema de la conciencia. Pero es efectivamente "la hipótesis del inconsciente" lo que renueva la posición psicológica, de manera que la metapsicología es el conocimiento destinado a extraer todas las consecuencias de "la hipótesis del inconsciente" para una concepción de la psique. Cosa que él resume claramente en una intervención oral: "El psicoanálisis posee un particular tipo de pensamiento psicológico que podría ser calificado de metapsicológico. Ésa sería una consideración tanto de lo psíquico como de algo objetivo, una vez liberados de las restricciones impuestas por las formas del pensamiento consciente" (8 de noviembre de 1911, en *Les premier psychanalistes. Minutes de la Société psychanalytique de Vienne*, t. III, pp. 299-300).

2. *La "exposición metapsicológica"*

La metapsicología no es solamente una disciplina, es un "modo de concepción" y un "modo de exposición" *(Darstellung)*. De ahí la definición más "práctica" que ofrece Freud:

"Propongo que cuando consigamos describir un proceso psíquico en sus aspectos dinámicos, tópicos y económicos, eso se llame una exposición metapsicológica" (*Lo inconsciente*, sec. v, *O.C.*, XIV, p. 178).

La metapsicología es, así pues, un "modo de concepción" *(Betrachtungsweise)*, según el cual todo proceso psíquico es apreciado en función de las tres "coordenadas" *(Koordinaten)* de la dinámica, de la tópica y de la económica.

¿Por qué precisamente éstas? Porque el psicoanálisis es concebido como una "ciencia de la naturaleza" *(Naturwissenschaft)* sobre el modelo de la física que piensa a los cuerpos en términos de proyección espacial, de despliegue de fuerzas y de producción de cantidades. Las metáforas físico-químicas (véase el término mismo "psico-análisis") dan prueba de esta referencia. Homenaje de Freud a su formación, a la escuela de Brücke y de Du Bois-Reymond (véase nuestra *Introducción a la epistemología freudiana*, p. 53ss.).

Habrá de notarse que Freud señala ahí una exigencia. El proceso no se lee con soltura: merece únicamente el título de *metapsychologische Darstellung* aquella que consiga satisfacer tal exigencia. Si con mucha frecuencia habrá que conformarse con una presentación parcial, y por consiguiente con una evocación parcelaria, lo fundamental consiste en tender a su realización. El olvido de una de esas dimensiones puede resultar fatal para el alcance de la explicación o bien producir un efecto engañoso.

Dicho de otra manera: "A nuestro juicio, una exposición que además de los aspectos tópico y dinámico intente apreciar este otro aspecto, el económico, es la más completa que podamos concebir por el momento y merece distinguirse con el nombre de 'exposición *metapsicológica*'" (*Más allá del principio de placer*, O.C., XVIII, p. 7). El condicional confirma que se trata de un límite, exigible en sí mismo: se trata de un "ideal regulador" de la explicación, asíntota de la explicación.

3. *La "hechicera metapsicología" o el fantaseo teórico*

En un momento determinante de uno de sus últimos textos, en el que menciona la cuestión del "amaestramiento" de la pulsión y de su posible armonización en *relación con el yo*, Freud declara: "Sin un especular y un teorizar metapsicológicos –a punto estuve de decir fantasear– no se de aquí un solo paso adelante" (*Análisis terminable e interminable*, O.C., XXIII, p. 228). Es preciso que, como en el *Fausto* de Goethe, "la hechicera venga al rescate".

Alusión al pasaje del *Fausto* (primera parte) titulado "Cocina de la hechicera" *(Hexenküche)*, en el que se habla del rejuvenecimiento de Fausto. Como Mefistófeles le propone a Fausto, quien deseaba rejuvenecer, irse a vivir al campo, Fausto le responde que "una vida estrecha no le conviene". "Es preciso entonces que la hechicera intervenga" *(So muss denn doch die Hexe dran)*, responde Mefisto (v. 2365): y lo lleva con "la hechicera" a fin de que ésta fabrique el elixir en su marmita. Es claro que la hechicera hace su entrada cuando los recursos "naturales" no bastan y es preciso echar mano de los artificios del arte... hechicero, en femenino.

Aquí, la metapsicología, además de estar personalizada de manera pintoresca, es presentada como aquello hacia lo cual el investigador –clínico– se dirige como último recurso. Hay pues un *momento* en el que la metapsicología *debe* entrar en escena. Ésta es presentada como una especie de "oráculo", la instancia del Otro en el campo del pensamiento del síntoma. Esta "hechicera" puede responder... o no. ¿No hay acaso ahí un aspecto "invocatorio", e incluso de encantamiento, que contrasta con el sentido "positivo" y científico subrayado más arriba? El "entendimiento freudiano" tiene como únicas divinidades a Logos y Ananké, o sea a "la inflexible razón" y al "destino necesario".[3] De lo que aquí se trata es efectivamente del logos de lo real clínico. En efecto, la referencia a la metapsicología está destinada a intentar salir de *una aporía en el terreno clínico*. Lejos de ser algo previo o *a priori*, la intervención de la "hechicera metapsicología" interviene puntualmente para *trazar, con claridad, los contornos de una incertidumbre clínica*. Para seguir "avanzando", el clínico, atascado en la contradicción de los hechos, sólo puede "recuperar terreno" "consultando" la metapsicología. Ha llegado para él entonces el momento de "metapsicologizar". El recurso del "fantaseo" es en ese caso fundamental: es el otro nombre de la "especulación" o de la "teorización". "Fantasear" no significa aquí divagar: es incluso exactamente lo contrario. Es una forma rigurosa de escapar a una parálisis del pensamiento clínico. Habrá que deplorar el que las "informaciones" *(Auskünfte)* de la "hechicera metapsicología" no sean "muy detalladas", pero es precisamente en eso en lo que el Otro metapsicológico es indispensable, aun cuando no infalible.

En resumen, la metapsicología es una *disciplina*,

---

[3] Paul-Laurent Assoun, *L'entendement freudien. Logos et Ananké*, Gallimard, 1984, p. 16ss.

un *método* y una *especulación*. En ese sentido, es "este modo de consideración que es el conocimiento de la investigación psicoanalítica" (*Lo inconsciente, O.C.,* XIV, p. 178). Esta travesía de las definiciones de la metapsicología desemboca en una doble comprobación: por una parte, existe una de las más rigurosas elaboraciones de las exigencias técnicas propiamente metapsicológicas; por la otra, algo de la perplejidad del investigador original en el origen de la elección del término –"¿tengo razón de llamarlo de esa manera...?"– no ha desaparecido nunca del concepto. La metapsicología introduce un cierto malestar en la psicología, incluso está hecha de alguna manera con ese fin. Esta impresión habrá de confirmarse al confrontar la próxima pregunta: ¿la Metapsicología –como *texto*– existe?

LA METAPSICOLOGÍA NO ESCRITA

La paradoja es que la metapsicología disciplina, metodología y oráculo tan necesarios, no ha sido objeto de un Escrito digno de ella. Es posible reconstruir la secuencia general de esta escritura imposible.

– De 1895 a 1904. Desde el momento en que le pide a Fliess que "preste oídos a algunas cuestiones metapsicológicas" (carta del 2 de abril de 1896) hasta el *Proyecto de psicología*, Freud edifica lo que es posible considerar como su "protometapsicología" –no publicada durante su vida y que incluso intentó hacer desaparecer (con la correspondencia encontrada por Marie Bonaparte). Freud elabora fragmentos considerables de esta metapsicología, como el capítulo VII de *La interpretación de los sueños*, que en su correspondencia designa como "La metapsicología" (carta del 27 de julio de 1899, p. 255, ed. fr.). Pero la palabra parece haber pasado a la clandestinidad.

– De 1904 a 1914. El término "metapsicología" hace su aparición en un texto publicado –*Psicopatología de la vida cotidiana*–, pero en el marco de consideraciones que, no por ser de importancia, son menos generales (véase *supra*, p. 10 e *infra*, p. 109). Sin embargo, el texto relativo a "los dos principios del devenir psíquico" (1911) refleja la necesidad de una codificación de los conocimientos relacionados con el aparato psíquico, particularmente en el registro económico.

– De 1915 a 1919. Periodo de transición en el que Freud nunca estuvo tan cerca de redactar una "Metapsicología" o una introducción fundamental a esta disciplina, programada en doce ensayos fundamentales, pero sólo cinco verán la luz, tres en 1915 –*Pulsiones y destinos de pulsión, Lo inconsciente* y *La represión*, en 1915; *Duelo y melancolía* en 1916; y *Complemento metapsicológico a la doctrina de los sueños* en 1917 (el duodécimo fue encontrado en forma de esbozo y publicado en 1986 por Ilse Grubrich-Simitis con el título *Visión general de las neurosis de transferencia. Un ensayo metapsicológico*). Se notará de pasada que ese *Complemento metapsicológico* es la única obra publicada por Freud en la que el término "metapsicología", en su forma adjetivada, está presente– el título "Metapsicología" no es más que un título ficticio para agrupar los cuatro ensayos citados. Los años de la inmediata posguerra señalan realmente el fin de la ambición de escribir una Metapsicología, de manera que Freud podía en 1925 tomar nota de que ésta quedó como un "torso" o fragmento. "¿Cómo va mi Metapsicología? Para empezar, no está escrita." De esa manera informaba Freud a Lou Andreas-Salomé, quien pedía noticias de ella como de un niño cuyo nacimiento era esperado desde hacía un buen tiempo (en una carta del 10 de marzo de 1919).

– De 1920 a 1939. La introducción de la "pulsión de muerte" (1920), y después la de la segunda tópica (1923) así como la de la segunda teoría de la angustia (1926) implica una reescritura *de facto* de la metapsicología. Paradójicamente, es en el momento en que Freud renuncia a escribir una "Metapsicología" en debida forma cuando entrega los fragmentos más notables de su arte de metapsicólogo: *Más allá del principio de placer, El yo y el ello, Inhibición, síntoma y angustia* representan de alguna manera la "Metapsicología II", como prolongación de la "Metapsicología I" de los ensayos de 1915 y de la "protometapsicología".

¿Es que este incumplimiento de la escritura terminada sella una forma de fracaso de la metapsicología como proyecto intelectual? Después de todo, Freud aspiró a semejante empresa. Pero la metapsicología está condenada a permanecer en estado de "obra abierta", a causa de lo real clínico que se resiste a cualquier forma de simbolización acabada, aun cuando bastante accesible a un "dispositivo de conocimiento". Y, después de todo, si la metapsicología es comparable a una hechicera –mujer que se supone conoce–, ¿no es acaso parte de su naturaleza el permanecer en estado verbal –oracular y viviente– en lugar de estar encerrada en un texto? La metapsicología se escribe, pero no enteramente. Es una instancia que se debe consultar, especie de "oráculo" precioso y falible, bajo el control de la otra palabra, la clínica.

CONCEPTO METAPSICOLÓGICO Y CLÍNICO

De la definición y de las implicaciones de la metapsicología se desprende el procedimiento apropiado para establecer al mismo tiempo su retrato y su uso.

La metapsicología es efectivamente una forma de racionalidad de los procesos inconscientes, que presta su alcance a la fórmula de Freud a propósito del psicoanálisis: "¿Por qué no habría de hablarse de él tan rigurosamente como es posible?" –pero es también un "arte", que debe ejercerse con el tacto que implica la plasticidad del objeto clínico, que, a su vez, es ese real reacio a toda "racionalidad".

Si la clínica –saber del síntoma– es el alfa y el omega del psicoanálisis, ésta no se lee con soltura. Si todo empieza por "la descripción de los fenómenos", desde la descripción, subraya Freud, "es inevitable aplicar al material ciertas ideas abstractas que se recogieron de alguna otra parte, no de la sola experiencia nueva" (*Pulsiones y destinos de pulsión, O.C.*, XIV, p. 113). Esto funda la necesidad de un momento constituyente de la metapsicología. El concepto aporta una escansión –de alguna manera simbólica– a la escucha clínica en su real.

En segundo lugar, la metapsicología no es una disciplina constituida. De esa manera es posible entender la confirmación de Freud –en la cumbre de su obra, en 1925– de que la "metapsicología permaneció como un 'torso'", término que designa en alemán un fragmento arqueológico, se trate ya de una estatua inconclusa o no conservada enteramente, y por extensión de un fragmento *(Bruchstück)*, una obra inconclusa, y, en suma, algo "truncado". No se trata entonces de hacer el balance de esta disciplina, sino de reconstruir su estructura, sus objetos y su dinámica.

CONCEPTO METAPSICOLÓGICO
Y "SISTEMA" PSICOANALÍTICO

En la medida en que la metapsicología es el fundamento de la conceptualidad psicoanalítica, la "metapsicología" puede ser legítimamente considerada como el concepto fundamental del psicoanálisis. Correlativamente, todos los conceptos fundamentales del psicoanálisis, de la pulsión al inconsciente, pasando por la inhibición, son susceptibles de un tratamiento metapsicológico. Interrogarse respecto a la metapsicología es preguntarse respecto a lo que es *un concepto psicoanalítico*.

Los conceptos psicoanalíticos representan de alguna manera la "acuñación" del Concepto de metapsicología, que goza por eso mismo de una categoría excepcional. "Producir concepto", en psicoanálisis, es "hacer metapsicología". La pulsión, la inhibición o el inconsciente son la expresión del Concepto metapsicológico. Aclarar un concepto psicoanalítico es, entonces, despejar simplemente sus funciones metapsicológicas.

Esto puede ser expresado en términos formales. Si la metapsicología representa la "aclaración y profundización de las hipótesis teóricas que podrían plantearse al fundamento de un sistema psicoanalítico", como lo expresa Freud en la nota introductoria de su "Complemento metapsicológico a la doctrina de los sueños" (*O.C.*, XIV, p. 221, n. 1), pueden extraerse entonces dos consecuencias:

– por una parte, existe efectivamente "un sistema psicoanalítico", no en el sentido de una forma cerrada de explicación –lo que se opone radicalmente al carácter empírico y revisable de la metap-

sicología–, sino más bien al sentido de una interacción de los conceptos que no podrían ser pensados sin integrar a su comprensión su interacción, en el sentido de *red* económico-tópico-dinámica;
– por otra parte, es la función metapsicológica la que define el sistema conceptual psicoanalítico: *todo concepto analítico puede ser concebido como una función "f" de la metapsicología, especie de "incógnita" universal.*

Es entonces un error considerar en forma aparte los conceptos psicoanalíticos mayores, atrapados como están en una lógica sistémica. Por lo demás, no todos los conceptos psicoanalíticos tienen el mismo alcance, y ni siquiera la misma dignidad metapsicológica: existen motivos para hablar de *jerarquía* de los conceptos, según su importancia en la causalidad inconsciente.

Pero esto nos remite igualmente a una pregunta de las más prácticas, que podríamos plantear en su forma más expeditiva: "¿Cómo funciona?" o incluso: "¿Cómo se produce?" Pregunta elemental que habrá de experimentar su extrema complejidad, a partir del momento en que se aplica a los procesos psíquicos. Al atravesar las categorías abstractas y en ocasiones abstrusas de la metapsicología, no perdamos de vista que ésta está destinada a satisfacer, con el rigor exigible de una "psicología científica" –imperativo categórico del psicoanálisis– una elemental y obstinada curiosidad: "¿Cuál es la causa material o el origen de lo que sucede en la psique?" Un término regularmente empleado por Freud –como eco del término "proceso" *(Vorgang)*– precisa aquello de lo que se trata: *Hergang*, que resulta difícil de traducir si no es mediante una perífrasis: "La forma en que ocurrieron las cosas."

EL "INCONSCIENTE" FREUDIANO, "META-OBJETO"

Esto equivale tanto como a *pensar el inconsciente*. Pero, es precisamente una vez que la creencia en el Inconsciente –esencia y principio–, ha sido invalidada que la vía está abierta hacia una *desconstrucción explicativa* del inconsciente como sistema psíquico.

Decir que el inconsciente es la palabra clave del psicoanálisis, es comprometerse en elaborarlo como "meta-objeto", para forjar un término, ausente en Freud, pero destinado a expresar la idea de que el inconsciente es ese objeto desconocido –él mismo lo compara llegado al caso a la "cosa en sí" kantiana–, pero que es el resultado de la elaboración metapsicológica. Así pues, se le caracteriza de manera más exacta como al "Objeto" metapsicológico.

¿Cómo es posible el inconsciente? Esta pregunta filosófica y epistemológica no podría ser formulada como tal en su generalidad abstracta. Freud renunció a la redacción de un cierto trabajo sobre "la dificultad epistemológica del inconsciente" (del que habla a Jung el 1 de julio de 1907, *Correspondencia*, Madrid, Alianza, 1989). Y no es para menos: la metapsicología es la respuesta práctica y continua a esa "dificultad", especie de epistemología aplicada. En todo caso, en tanto que Jung habrá de llegar a una psicología del *self* y a una "psicomitología", mientras que Adler fundará una "psicología individual y comparada", Freud compromete todo su accionar en una "metapsicología".

El trabajo metapsicológico es la artesanía teórica del psicoanalista. Ahí empieza la aventura metapsicológica, de la que, por una parte, podemos presentar aquí la lógica y la arquitectónica (primera parte) y por la otra la dinámica (segunda parte), antes de explorar sus destinos (tercera parte).

PRIMERA PARTE

EL OBJETO METAPSICOLÓGICO: EL INCONSCIENTE

DE LA "FENOMENOLOGÍA"
A LA METAPSICOLOGÍA

La metapsicología representa una tentativa de explicación del desarrollo de los procesos inconscientes –por extralimitación de un simple enfoque descriptivo ("fenomenológico"). Por ende, se apoya en un imperativo de explicación: "Los fenómenos normales o anormales observados (lo que representa la fenomenología) exigen ser descritos desde los puntos de vista dinámico y económico" (*Esquema del psicoanálisis*, O.C., XXIII, cap. III).

Freud llama "fenomenología psíquica" a la *descripción* de las percepciones, sentimientos, procesos intelectuales y actos voluntarios (*op. cit.*, cap. IV) –en una palabra, a la simple psicología.

Nos cuidaremos naturalmente de confundir el uso del término con aquel otro de la fenomenología husserliana, ajena a Freud. Ésta se refiere más bien al "análisis de los fenómenos" en el sentido de Franz Brentano (*Psicología desde el punto de vista descriptivo*, 1872) cuyos cursos siguió Freud en sus años de formación (véase *Freud, la philosophie et les philosophes*, PUF, reed. por "Quadrige", 1995, p. 8) y que fue igualmente el maestro de Husserl. Ahí en donde este último orienta la "psicología empírica" brentaniana hacia una fenomenología de las esencias (eidética), Freud la especifica en metapsicología. Véase igualmente el fenomenismo de Ernst Mach (*Análisis de las sensaciones*, 1883). Véase en este aspecto el estudio –prefacio a la tesis de Robert Musil *Pour une évaluation des doctrines de Mach*, PUF, 1982.

El término "fenomenología" se encuentra asociado en Freud al de "autoobservación", en la medida en que ésta se apoya en la observación *fenomenal* del "yo" por sí mismo. La metapsicología rompe con la fenomenología, en la medida en que aquella reconstruye los *procesos*, en lugar de atenerse a los datos fenomenales inmediatos. No por ello la descripción de los fenómenos es una simple ilusión: es un momento necesario. Y la teoría se encuentra en situación, en múltiples ocasiones, de atenerse a una fenomenología. Aún más: lo que en un momento dado de la conceptualización es reconocido como una avanzada metapsicológica, o, dicho de otra manera: una "teoría", puede resultar, vista de cerca, como algo que sigue perteneciendo al orden de la descripción, de suerte que la nueva síntesis metapsicológica va a relegar la antigua teoría a la categoría de descripción razonada, para remplazarla por una explicación más digna de ese nombre (véase *infra*, segunda parte, pp. 80 y 87). Lo esencial es no tomar por teoría metapsicológica lo que no es más que una descripción "fenomenológica". El "causalismo" metapsicológico, por consiguiente, es una exigencia, mucho más que un credo: se trata no de determinar la causa última, sino de explicar aún más.

La teoría freudiana del conocimiento mantiene la idea de una "cosa en sí" incognoscible: no obstante, la metapsicología permite "rodear" la cosa, circunscribiendo las relaciones y las causas. Pasar de la descripción a la "comprensión explicativa", es pasar de la descripción de los *fenómenos* a la inteligibilidad de los *procesos*. La metapsicología es propiamente "la comprensión de los procesos reales", como él se lo comunica a K. Abraham en 1907. Pero para captar qué es lo que se desarrolla y cómo, es preferible situar "*dónde* tiene eso lugar": "el aparato psíquico" (cap. I).

Por otra parte, la metapsicología como teoría causal se apoya en un "concepto fundamental" –la pulsión– cuyos "destinos" estudia (cap. II).

Ahora bien, el destino principal, la "represión", señala la necesidad de una dinámica o teoría de las fuerzas y de sus relaciones recíprocas, conflictivas (cap. III).

Por último, el modelo tópico-dinámico sería insuficiente si no interviniera la consideración, propiamente económica, de las cantidades comprometidas o invertidas en los conflictos y los desplazamientos de fuerzas (cap. IV).

Localizar las instancias, evaluar las fuerzas, calcular las inversiones y los gastos: tal es el triple imperativo de la explicación metapsicológica. Es en el nudo de esos tres procesos donde cobra forma "lo inconsciente" como objeto metapsicológico.

Habrá de hallarse en el esquema (p. 30) la representación de las principales fijaciones de esas coordenadas, es decir, los conceptos mayores que respectivamente surgen en cada una de las dimensiones: tópica, económica y dinámica.

1

EL APARATO PSÍQUICO
O EL IMPERATIVO TÓPICO

> Que yo sepa, nadie ha osado hasta ahora colegir la composición del instrumento anímico por vía de esa descomposición
>
> S. FREUD, *O.C.*, V, p. 530

Mediante esta observación de *La interpretación de los sueños*, que se encuentra a medio camino entre la comprobación y el proyecto, Freud localiza por sí mismo la intensidad de su originalidad. La "exposición metapsicológica" no sería posible sin un marco: éste es al mismo tiempo un presupuesto imaginario —en el sentido del "fantasear" teórico (*supra*, p. 15)— y un objeto por determinar durante su progresión. Se trata del "postulado" del "aparato psíquico" *(psychische Apparat)*.

Desde el *Proyecto de psicología (Entwurf)* y *La interpretación de los sueños* hasta el *Esquema del psicoanálisis*, es efectivamente este "aparato psíquico" lo que está descrito y elaborado.

Se le puede considerar como la "ficción primitiva" *(Urfiktion)* de la metapsicología, al mismo tiempo que la expresión del primer imperativo de la metapsicología, el de localización.

EL APARATO PSÍQUICO O EL IMPERATIVO TÓPICO

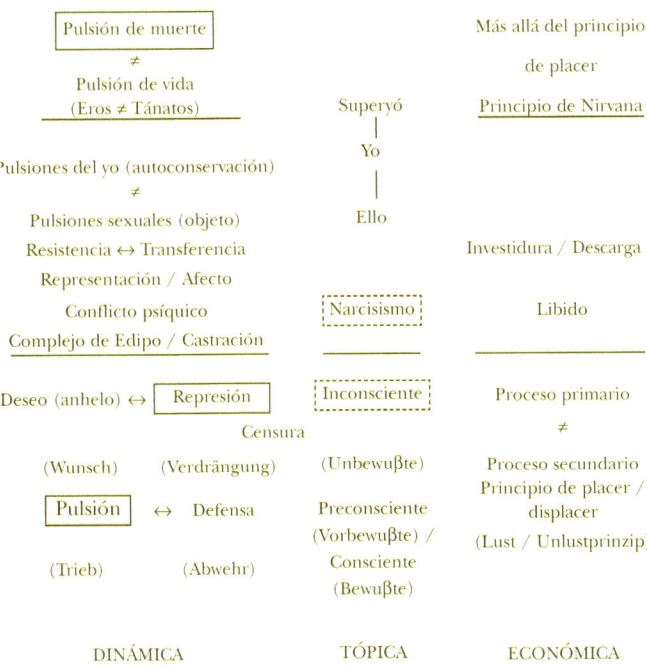

Cuadro sinóptico de los conceptos fundamentales de la metapsicología freudiana

1. *El postulado del "aparato psíquico"*

Quien dice "aparato" apunta por lo general a "un objeto o, más exactamente, a una máquina que se compone de un dispositivo formado por un ensamblaje de piezas y que está destinado a producir un cierto resultado". Este objeto es artificial –como una prótesis–, pero en el sentido anatómico se designa como aparato "al conjunto de órganos que participan en una misma función".

Se puede decir que el aparato psíquico freudiano responde a esas características lexicográficas: se trata de dar cuenta –mediante un dispositivo, articulado y articulable, del funcionamiento del aparato que sustenta a la psique– de la vida psíquica propiamente inconsciente. Ésta no es entonces una esencia, ni un conjunto de facultades, únicamente se deja representar como un "equipo". Se trata del "instrumento que sirve para las acciones psíquicas"– *Seeleleistungen*: término que recuerda que Freud considera a la psique como un conjunto de acciones o funciones, cuyo "modo de producción" puede ser representado gracias al aparato psíquico. Esta "maqueta" permite visualizar los procesos en un *espacio* que representa sus desplazamientos de *fuerzas* y de *cantidades*.

Desde el *Entwurf*, en su "protometapsicología", Freud trata de imaginarse "el funcionamiento del aparato", a partir de sus constituyentes neuronales (*Proyecto de psicología*, O.C., I, p. 339). La distinción de neuronas "ϕ", que asumen la función de percepción, mediante renovación de la energía proveniente del mundo exterior y de neuronas "ψ", que asumen la función de memoria, mediante "apertura" de las "barreras de contacto", prefigura e impone la distinción entre sistemas consciente (neuronas "ω") e inconsciente ("ψ").

De ahí el postulado: "Suponemos que la vida anímica es la función de un aparato al que atribuimos ser extenso en el espacio y está compuesto por varias piezas" (*Esquema del psicoanálisis*, O.C., XXIII, cap. I, p. 143). Esta "tópica" se apoya en una analogía anatómica innegable: de ese modo sería tentador, como lo anota Freud en el ensayo metapsicológico sobre *Lo inconsciente*, "individualizar el lugar anatómico del sistema Cs (la actividad consciente del alma) en la corteza cerebral, [...], y situar los procesos inconscientes en las zonas subcorticales del cerebro". Pero: "Nuestra tópica psíquica *provisionalmente* nada tiene que ver con la anatomía; se refiere a regiones del aparato psíquico, dondequiera que estén situadas dentro del cuerpo, y no a localidades anatómicas" (sec. II, p. 170).

Este gesto tópico resulta esencial a la ambición explicativa de la metapsicología: "Con la aceptación de estos dos (o tres) sistemas psíquicos, el psicoanálisis", subraya Freud, "*se ha distanciado otro paso de la psicología descriptiva de la conciencia*" (cursivas nuestras). De allí "su decisión de referirse [...] a la tópica psíquica e indicar, para un acto psíquico cualquiera, el sistema dentro del cual se consuma o los sistemas entre los cuales se juega" (*Lo inconsciente*, sec. II, p. 169).

La tópica hace posible un grafismo y, con ello, una transmisión del saber de los procesos. Es así como vemos a Freud, durante una sesión de la Sociedad psicoanalítica de Viena, proponiendo una "representación esquemática de semejante aparato psíquico" en forma de gráfica (Sesión del 27 de febrero de 1907, en *Minutes de la Societé psychanalytique de Vienne*, t. I, p. 155).

2. *El microscopio de la psique*

Existe aquí una innegable analogía, extraída por una parte del registro psíquico, y por la otra del registro biológico, lo que confirma el enfoque de la "epistemología freudiana". Freud compara regularmente el aparato psíquico a "un telescopio, a un microscopio o algo de ese tipo" *(Esquema del psicoanálisis).*

Remitimos en este punto a nuestra modelización del *episteme* freudiano, en P.-L. Assoun, *Introducción a la epistemología freudiana* (*op. cit.*).

Es preciso recordar aquí la formación del creador del psicoanálisis, que, en la escuela de la Universidad de Viena, pasó años detrás de un microscopio (sus primeros trabajos dan prueba de ello). Por otra parte, ese modelo "científico" de la medicina se apoyaba en una referencia fisicalista, estudio de los procesos, de las fuerzas, que estaba regida por un modelo termodinámico, es decir, de transferencia de energías de acuerdo con la "ciencia de las máquinas"...

Según el pertinente señalamiento de Ferenczi, "esos trabajos (metapsicológicos) dan la impresión de ser los capítulos de una mecánica física del órgano psíquico" ("La metapsychologie de Freud", *Psychanalyse 4*, p. 260). Pero si Freud se nutrió durante su formación de las "ciencias naturales", de su "espíritu de rigor", las coordenadas de su aparato psíquico fueron integradas por él a su propio dispositivo. Se convierten en metáforas operantes.

De esa manera, el aparato psíquico se compone de elementos –a los que denominaremos "sistemas" o "instancias" o incluso "provincias psíquicas"–, no en el sentido de la imaginería cerebral, sino en el de una especie de espacio virtual, origen de los "procesos" reales. En la medida en que se trata de un "modo de concepción", debe ser posible que los procesos psíquicos sean "cartografiados", e incluso "visualizados" –lo que funda la referencia analógica en el registro (micro/tele)*scópico*. Se trata efectivamente de proporcionar "la imagen de la empresa psíquica" *(das Bild des seelisches Betriebs)* (prefacio a Reik, *Probleme der Religionspsychologie*, O.C., XVII, 256).

Es posible descifrar el aparato psíquico mediante una doble analogía: la de los modos de *inscripción*, a la manera de una escritura, y la de las localizaciones, a la manera de la neuroanatomía. Doble manera de representarse los procesos.

El aparato psíquico es el lugar *(topos)* focal que hace posible el despliegue de las "tópicas". O, más bien, las "tópicas" (ver más abajo) son la manera de dar consistencia al aparato psíquico.

3. *De "la otra escena" a la tópica: el sueño*

Para entender el sentido de este postulado, es preciso volver a los orígenes: es la necesidad de una "psicología de los procesos del sueño", contenida en el capítulo final de *La interpretación de los sueños*, lo que justifica la introducción de esta representación tópica.

La noción de "lugar psíquico" está elaborada con referencia a la "escena del sueño" (Fechner). Se trata, una vez descartada "la noción de localización anatómica", y permaneciendo "dentro del terreno psicológico", de "imaginarnos el instrumento que sirve para las producciones psíquicas como una especie de microscopio compuesto, de aparato fotográfico, etc." ¿De qué sirve esta referencia? Sirve para localizar el punto del aparato –sea éste real (fotografía), o bien se trate de "puntos ideales"– en donde se forma la imagen. Así, la referencia al aparato óptico sirve para "hacer comprender la disposición del mecanismo psíquico, descomponiéndolo y determinando la función de cada una de sus partes".

De lo que se deriva la decisión: "Imaginamos entonces el aparato psíquico como un instrumento compuesto *(ein zusammengesetztes Instrument)*, a cuyos elementos *(Bestandteile)* llamaremos 'instancias' o, en beneficio de la claridad, 'sistemas'" (*O.C.*, V, p. 530). Este conjunto representable como una seriación análoga a la de los "lentes" de un telescopio, no nos remite únicamente a un orden espacial, sino a un orden temporal, determinado por "el recorrido de la excitación".

Recordemos que un telescopio es ese instrumento de observación astronómica cuyo objetivo es un espejo cóncavo, mientras que un microscopio es el instrumento óptico compuesto de varias lentes y que sirve para mirar objetos muy pequeños. El aparato psíquico sería entonces un instrumento de aumento, que permite representarse los fenómenos.

Así, del mismo modo en que la luz atraviesa las lentes de un telescopio, la *excitación* debe supuestamente atravesar los "sistemas" del aparato psíquico, lo que organiza "una sucesión constante". Esta analogía se basa en el paradigma del "reflejo": "Es ésa únicamente la realización de una exigencia conocida desde mucho tiempo atrás, según la cual el aparato psíquico estaría construido como el aparato reflejo."

Freud se refiere aquí explícitamente al concepto de reflejo, introducido en el siglo XVIII y después aplicado al sistema nervioso a partir de Hering y Hall entre 1833 y 1844. Fue incluso de esa manera como se introdujo la noción de una "cerebración inconsciente" *(unconscious cerebration)* con Laycock (1876). Sobre el primer punto se hará referencia a Georges Canguilhem, *Le concept de réflexe* (PUF, 1955) y sobre el segundo a la síntesis de Marcel Gauchet, *L'inconscient cérébral* (Seuil, 1992).

Lo que se desprende de ahí, entonces, es un aparato con dos extremidades, "sensitiva" –sistema que recibe las percepciones– y "motriz", así que el proceso psíquico va en esa dirección: de lo "sensitivo" a lo "motor". El sueño crea efectivamente una desinversión de la actividad motriz (del lado de la realidad) y una regresión hacia el polo sensitivo (endógeno). Esto implica una inscripción diferenciada de las huellas de la excitación. Más allá de su aspecto "funcional", el aparato psíquico tiene como utilidad metapsicológica la diferenciación de los procesos.

4. El "entendimiento tópico": el paraje inconsciente

Es preciso señalar el acto reflexivo de un tipo especial que supone esta decisión: "Todas las ciencias descansan en observaciones y experiencias mediadas por nuestro aparato psíquico, pero... nuestra ciencia tiene por objeto a ese aparato mismo" (*Esquema del psicoanálisis*, cap. IV, *O.C.*, XXIII, p. 157). En ese sentido, el aparato psíquico permite superar la impugnación que desde hace un tiempo se le ha hecho a la psicología en cuanto a que es subjetiva y se reduce únicamente a la introspección (lo que hacía que Auguste Comte le negara el rango de ciencia positiva). Pero eso supone el carácter "escindible" del "yo", susceptible de escindirse y de ser tomado como objeto de conocimiento (*Nuevas conferencias de introducción al psicoanálisis*, O.C., XXII, p. 54). El "aparato psíquico" no es entonces únicamente una "convención", es una elección epistemológica y, de manera más material, una opción antropológica.

Decir que existe un aparato psíquico, es al mismo tiempo romper con una metafísica del alma –Freud habla también de *seelische Apparat*, "aparato anímico"– y con una psicología de lo consciente. Lo que no significa, repitámoslo, que la metapsicología estudie únicamente la psique inconsciente: la conciencia está igualmente en su programa. Pero es *desde la hipótesis del inconsciente* como se opera la nueva cartografía del aparato psíquico en su totalidad.

Este primer reconocimiento del inconsciente como objeto metapsicológico nos permite situar al "sistema inconsciente" como algo dotado de "propiedades" determinadas. Antes de detallar esas propiedades, habría que percatarse de que es el reconocimiento del inconsciente como sistema –notable "Ics" (*Ubw*)– lo que arranca al inconsciente de su carácter "fenomenológico" o descriptivo para hacerlo acceder al de objeto para una psicología científica.

Correlativamente, la conciencia deja de ser un principio para convertirse en el referente de los sistemas preconsciente/consciente dotados de propiedades propias.

En resumen, una vez "en los lugares" –en el sentido literal–, se vuelve posible, y necesario, para el metapsicólogo hacer la descripción "del edificio del aparato psíquico, de las energías o fuerzas activas en su interior" (*Esquema del psicoanálisis*, cap. IV, O.C., XXIII, p. 155).

5. El *"sistema inconsciente"*

La metapsicología rompe entonces al mismo tiempo con una concepción simplemente descriptiva y con la idea de un Inconsciente-principio. En el sentido descriptivo, "una representación inconsciente es una representación tal y como no la notamos, pero cuya existencia estamos dispuestos a aceptar sobre la base de pruebas e indicios" (*Nota sobre el concepto de lo inconsciente en psicoanálisis*, 1912). Pero precisamente el inconsciente metapsicológico es algo más que el conjunto de "pensamientos latentes", es decir, no actualmente presentes en la conciencia, o "manifiestos": reside en la hipótesis, experimentalmente inducida a partir de la hipnosis y de la sugestión posthipnótica, de un "sistema" *sui generis*: o sea, un "sistema de actividad psíquica que se nos manifiesta mediante la característica de que los procesos que lo componen son inconscientes". Debido a ello, ya no se trata de atribuirle propiedades al Inconsciente, sino de enumerar los caracteres de un "sistema": ausencia de contradicción y de negación, movilidad primaria de la inversión, atemporalidad, primacía de la "realidad psíquica" sobre la realidad material *(Lo inconsciente)*.

La imposición del modelo tópico en Freud se manifiesta nuevamente –y culmina de alguna manera– en la "Nota sobre la 'pizarra mágica'" (1925) en el que la relación entre los sistemas se encuentra descrita de alguna manera *en concreto* mediante analogía con el dispositivo del "tabique" o "pizarra mágica". De esa manera es posible distinguir una sedimentación subyacente de "huellas" indelebles inconscientes (correspondientes al pedazo de resina o de cera) y una superficie susceptible de desprenderse –correspondiente a la "hoja exterior compuesta de celuloide y de papel encerado", apta para representar el sistema *Pcs-Cs*.

Así se encuentra de alguna manera dialectizada esta interacción temporal de los sistemas, "partes constitutivas" –o instancias– diferentes pero relacionadas entre sí, que mantiene vivamente la representación espacial "por capas", excepto en cuanto a especificarla mediante una "representación del tiempo", como función de discontinuo.

6. El "grafismo" tópico: la escritura metapsicológica

El imperativo tópico imprime su huella en la metapsicología, como exigencia de figuración *(Schilderung)* de la psique –lo que viene a la expresión en la forma material del grafismo, es decir, de esquemas destinados a visualizar el aparato psíquico.

La tópica hace posible una grafía y por ello mismo una transmisión del saber de los procesos. Procedimiento (auto)didáctico: desde el periodo de nacimiento del psicoanálisis aparece el uso, en la correspondencia con Fliess, dentro del contexto del *Proyecto de psicología*, de los soportes gráficos. Se ve cómo Freud, durante una sesión de la Sociedad psicoanalítica de Viena, propone una "representación esquemática de semejante aparato psíquico" en forma de esquema (sesión del 27 de febrero de 1907, en *Minutes de la Société psychanalytique de Vienne*, t. I, p. 155). A partir de ese momento es posible seguir la escritura gráfica de la tópica y de su reescritura (véase *infra*, p. 87), a través de tres etapas mayores: el capítulo VII de *La interpretación de los sueños* en el que "el esquema del aparato psíquico" se encuentra representado en su doble polaridad, sensitiva y motriz; el capítulo 2 de *El yo y el ello*, donde se encuentra esbozado el pasaje de la primera a la segunda tópicas, y la XXXI² de las *Nuevas conferencias* en la que se vuelve a tomar ese esquema y se completa mediante la representación del superyó –lo que permite leer en sobreimpresión las dos tópicas. Lo que prueba que la referencia espacial hace posible una escritura gráfica de "lo inconsciente".

Es preciso desde ese entonces mantener en el espíritu este imperativo metapsicológico: es una falta elemental –y por consiguiente mayor– equivocarse respecto a la localización de un proceso en y por parte del aparato psíquico. Localizar mal es producir una confusión en la inteligibilidad misma del proceso. Es por eso que Freud manifiesta "el ansioso afán de respetar la sucesión de las instancias" (carta a Lou Salomé del 13 de julio de 1917).

Explicar empieza mediante el acto de *localizar*, es decir, de determinar el lugar o el sitio de la acción psíquica –lo que supone la entrada en escena de la dimensión dinámica, pulsional.

2

LA PULSIÓN O EL CONCEPTO METAPSICOLÓGICO

La pulsión es un elemento determinante como "repartición del juego" metapsicológico, al mismo tiempo por su función y por su contenido. De modo que la "doctrina pulsional" *(Trieblehre)* representa el pilar central del edificio metapsicológico.

1. *La "doctrina pulsional", mitología del psicoanálisis*

Este carácter original es subrayado por una referencia al mito: "La doctrina de las pulsiones *(Trieblehre)* es, por así decir, nuestra mitología" *(Nuevas conferencias de introducción al psicoanálisis*, XXXII^a, *O.C.*, XXII, p. 88). ¿Cómo puede una "ciencia" apoyarse en una "mitología" sin declararse incompetente como ciencia? Como Freud le escribe a Einstein: "Tal vez tenga usted la impresión de que nuestras teorías son una especie de mitología..." (*O.C.*, XXII, p. 194). Eso no significa que la pulsión sea una creencia fantasiosa, sino que ella es lo que, convencionalmente, nombra al origen. Exigencia epistemológica básica: "¿Pero es que toda ciencia natural *(Naturwissenschaft)* no parte acaso de una especie semejante de mitología? ¿No le sucede actualmente lo mismo con la física?" No es ninguna casualidad que Freud, al hacer referencia a la "constitución pulsional" en

Análisis terminable e interminable, evoque la necesidad de evocar a la hechicera (véase *supra*, p. 15): aquí, otra vez, "el ejemplo es la cosa misma". La pulsión es el constituyente mayor de la "cocina" de la hechicera metapsicología, su material y su "plato principal". Resulta imposible pensar en hacer algo sin contar con ella, *Trieb*, "la pulsión", pero es únicamente explorando sus "aleaciones" y sus destinos como será posible saber más.

2. *La pulsión, concepto metapsicológico fundamental*

a] Desde el punto de vista de la forma. En el texto introductorio a sus ensayos de *Metapsicología*, Freud procede a una especie de recapitulación de epistemología general. Toda ciencia "debe construirse sobre conceptos básicos *(Grundbegriffe)* claros y definidos con precisión" (*O.C.*, XIV, p. 113). Si el aparato psíquico es la "ficción" fundamental de la explicación metapsicológica, la pulsión es el "concepto básico" de la "ciencia analítica", y por eso mismo el "fondo" *(Grund)* metapsicológico. Así como la física debe plantear la noción de "cuerpo" para después examinar las leyes del movimiento, la velocidad, etc., la metapsicología debe *plantear* este concepto –"pulsión"– para deducir los efectos del mismo.

b] Desde el punto de vista del contenido. El aparato psíquico no solamente describe huellas y sistemas, sino además el punto de origen, la *excitación*, es igualmente el germen de la "pulsión", caracterizable como "un estímulo para lo psíquico" (*Pulsiones y destinos de pulsión, ibid.*, X, p. 114). La pulsión, entonces, proporciona de alguna manera la fuerza motriz al mismo tiempo que la "carne" de la estructura.

La pulsión tiene como origen la excitación interna, que tiene como característica el hecho de que no es posible oponerle, al surgir del interior, una acción de fuga (que sigue siendo posible para una excitación externa). Todo parte de esta imposibilidad de huir de "la excitación endógena" *(endogene Reiz)*.

3. *La pulsión, concepto-límite*

Decir que el concepto fundamental de la metapsicología es la pulsión implica consecuencias esenciales para comprender la metapsicología.

Toda la explicación metapsicológica es, de entrada, la de los procesos pulsionales. Con el término de "inconsciente", son las pulsiones y sus destinos –*Schicksalen*, o sea, sus tribulaciones– lo que se está empleando.

La pulsión –especialmente sexual– es así la fuerza motriz, pero también el nudo económico-dinámico de la psique. Pero el "concepto de fondo" *(Grundbegriff)* es también "concepto-límite" *(Grenzbegriff)* entre *psique* y *soma*. Por ende, la metapsicología no es una simple psicología de los procesos psíquicos, sino una investigación de los procesos limítrofes entre "alma" y "cuerpo". El concepto de "pulsión" es de alguna manera intrínsecamente "psicosomático" (rechazando con eso las teorías psicosomáticas que, por su parte, son más o menos dualistas). No se trata de un simple préstamo a la biología, sino un pensamiento original.

Esto implica particularmente que el metapsicólogo es efectivamente algo muy distinto de un "biólogo del espíritu" (como lo acredita Frank J. Sulloway, *Freud, biologiste de l'esprit*, 1979; 1981), aun cuando efectivamente, para su teoría pulsional, trabaje en el terreno de una especie de "biología del espíritu".

De esa manera, el psicoanálisis no sólo plantea la pulsión, también la desconstruye y la redescubre, llenándola de "contenido" al rodearla "desde varios puntos".

4. *Pulsión y sexualidad*

Así, la pulsión aparece como algo formado por cuatro elementos:

- se trata de un *empuje* psíquico –"factor motor, suma de fuerza o medida de exigencia de trabajo";
- que tiene su *origen* en una zona corporal –supongamos "todo proceso somático en un órgano o una parte del cuerpo cuya excitación está representada en la vía psíquica por la pulsión" (doble elemento que expresa su carácter fronterizo);
- y tiene como *objetivo* la satisfacción, es decir, la "supresión del estado de excitación en el origen pulsional";
- por medio de un *objeto*: ahora bien, no es posible decir ninguna otra cosa a propósito de este objeto sino que es "aquello y por la vía de lo cual la pulsión puede alcanzar su objetivo".

Lo que sin embargo distingue a la pulsión sexual, es que "existe algo en la naturaleza de la misma pulsión sexual que no favorece la realización de la total satisfacción" (*Sobre la más generalizada degradación de la vida amorosa*, O.C., XI, p. 181).

Correlativamente, resulta que el objeto, lejos de hallarse fijo –como en el esquema del *instinto*–, es eminentemente móvil, desplazándose según los diversos modos sucesivos de satisfacción. En otros términos, la pulsión, por su misma naturaleza, es "parcial" –lo que habrá de justificar que Karl Abraham hable igualmente de "objeto parcial".

5. *Pulsión y deseo: la experiencia de satisfacción*

El deseo *(Wunsch)* designa en Freud ese "movimiento" o moción psíquica que, tras "la experiencia de satisfacción, que pone fin a la excitación", tiende a sitiar de nuevo la huella mnémica de satisfacción determinada por la excitación pulsional y que está ligada a un objeto. Es preciso comprender que la "imagen mnémica" –es decir, el recuerdo– del objeto de satisfacción (nutritivo o sexual) permanecerá asociado a la huella memorial de "la excitación producida por la necesidad". Por consiguiente: "La próxima vez que esta última sobrevenga, merced al enlace así establecido, se suscitará una moción psíquica que querrá investir de nuevo la imagen mnémica de aquella percepción y producir otra vez la percepción misma, vale decir, en verdad, restablecer la situación de la satisfacción primera" (*O.C.*, v, p. 557). La "realización del deseo" *(Wunscherfüllung)* está conformada por "la reaparición de la percepción".

6. *Pulsión, representación y afecto*

La pulsión se expresa únicamente mediante la intervención de dos factores psíquicos, la representación *(Vorstellung)* y el afecto *(Affekt)*.
Estos términos han sido tomados de la dualidad

de la "psicología científica" alemana, de Herbart a Wundt: respecto a la tradición wundtiana (véase nuestra *Introducción a la epistemología freudiana, op. cit.*, p. 138ss.)

La representación de la que se trata no debe por consiguiente ser tomada en el sentido cognoscitivo (como idea o imagen intelectual), sino como el representante representacional de la pulsión. Ahora bien, ya se vio que es la huella mnémica, es decir, la fijación perceptiva de la experiencia de satisfacción, el elemento ideico de la excitación, que señala la primera inscripción psíquica de la pulsión. La "representación cosa" es, así pues, el elemento más cercano a la huella mnémica.

Desde su trabajo sobre la concepción de las afasias, aparece una teoría de la representación, con sus dos componentes: "representación-palabra" y "representación-objeto" (*op. cit.*).

Esto permite que se proceda a una "identificación" o "autopsia" metapsicológica del inconsciente: en tanto que la representación consciente es la representación-cosa y la representación-palabra, el inconsciente es caracterizable después de todo como "la representación-cosa sola" (*Lo inconsciente*, O.C. XIV, p. 198).

Sin embargo, la pulsión encuentra también una forma de expresión, todavía más directa, en forma de afecto, ese elemento de descarga (véase *infra* la p. 59).

7. Las "pulsiones fundamentales"

La necesidad de fundar la conflictividad inconsciente desemboca en el postulado de una dualidad de "pulsiones fundamentales". Pulsiones de autoconservación –o "pulsiones del yo"– y "pulsiones sexuales". Se habrá de notar que la referencia mitológica alcanza aquí su máximo: Hambre y Amor, y muy pronto Eros y Tánatos (véase *infra*, pp. 85-86). El que Schiller sirva como referencia al primer dualismo o que Empédocles se encuentre implicado en el segundo confirma que la metapsicología adquiere aquí el sentido de una especie de física fundamental, en los límites de una especulación respecto a los elementos y a los principios primitivos, digna de los "presocráticos".

Se trata efectivamente de entender las mezclas pulsionales, pero también los desvínculos *(Triebmischungen/Triebentmischungen)*. Como las pulsiones sexuales se sostienen –literalmente "se apoyan"– en las pulsiones de autoconservación correspondientes a la necesidad nutritiva, entonces se desvinculan: "Las pulsiones sexuales encuentran sus primeros objetos de apoyo en las evaluaciones de las pulsiones del yo, exactamente como las primeras satisfacciones sexuales se experimentan apoyadas en las funciones corporales necesarias a la vida." Igualmente, como se verá (*infra*, p. 86), la vida pulsional está constituida por una aleación de "pulsiones de vida" y de "muerte".

8. *La pulsión y sus destinos*

Se entiende en qué sentido Freud sitúa la "doctrina pulsional" en el registro de la mitología. No es posible saber nada de la pulsión puesto que, por un lado, se pierde en un origen físico (la excitación) y, por el otro, se expresa mediante representaciones y afectos.

No es posible entonces saber nada en ella misma, pero sin ella nada es posible. En cambio, es posible seguir sus "destinos":

- la "caída en el contrario" atañe al objetivo de la pulsión –paso de la actividad a la pasividad (sadismo *vs* masoquismo);
- la "vuelta hacia la persona misma", atañe al objeto, remplazo de un objeto por la persona misma (voyeurismo *vs* exhibicionismo);
- la "sublimación" consiste en intercambiar el objetivo sexual de la pulsión por un objetivo no sexual (véase *infra* la p. 120).

Queda todavía el más importante y el más complejo devenir pulsional, es decir: la represión.

3

LA INHIBICIÓN
O EL OPERADOR DINÁMICO

"La doctrina de la represión es el pilar fundamental sobre el que descansa el edificio del psicoanálisis su pieza más esencial" (*Contribución a la historia del movimiento psicoanalítico*, O.C., XIV, p.15).

Esta afirmación cargada de sentido exige ser bien apreciada.

Para empezar, compara el psicoanálisis a un edificio: la represión es entonces al mismo tiempo la pieza esencial de este edificio y lo que lo sostiene. No se trata entonces de un concepto entre otros, sino el operador de la explicación metapsicológica. Pero, como ya lo vimos, Freud coloca a la pulsión en el papel de "concepto fundamental". ¿Cómo articular estas dos pretensiones a lo "original"? Es posible encontrarlo en el concepto de "realización de deseo" del que Freud apunta muy temprano: "Me parece que la explicación por la realización de deseo ofrece efectivamente una solución psicológica, pero ninguna solución biológica, sino más bien metapsicológica" (carta a Fliess del 10 de marzo de 1898, *O.C.*, I, p. 316).

1. *La represión, "piedra angular" metapsicológica*

El paso de uno a otro se efectúa si pensamos, por una parte, que la represión es el principal destino de la pulsión, y por la otra, que a través de la represión se notifica el aspecto dinámico del inconsciente al mismo tiempo que lo que "dinamiza" la tópica.

Se podría expresar esto diciendo que el psicoanálisis es una "psicología dinámica". Tal es particularmente la posición de Henri F. Ellenberger, retomando la expresión de Gregory Zilboorg, expresada en la *Histoire de la découverte de l'inconscient* [Historia del descubrimiento del inconsciente] (1970; trad. fr. Fayard, 1994). Recordatorio de la inscripción del psicoanálisis en una tradición unificada como "psiquiatría dinámica". Esta expresión, que tiene como intención la de recordar la importancia de la dimensión dinámica del psicoanálisis, no deja de ser un efecto de "banalización" de la posición propiamente analítica. El psicoanálisis se ve, efectivamente, de esa manera reducido a una de las especies de la "psicología dinámica", cuando en realidad renueva el concepto mismo de psicología mediante la consideración de la dinámica *pulsional*. No es entonces una casualidad que Freud no se haya visto nunca tentado a utilizar una etiqueta tan formal y redundante para caracterizar al psicoanálisis.

¿En qué consiste "la esencia de la represión"? Consiste en el hecho de "alejar y mantener a distancia de lo consciente" (*La represión*, O.C., XIII, p. 142), aquello que es incompatible con el devenir-consciente, o sea una moción pulsional –sexual– prohibida. Desde el momento en que, a partir de la pulsión, resulta "imposible triunfar mediante acciones de huida", se impone una acción psíquica interna, que se llama "represión".

Proceso, la represión desemboca en una *fijación* –lo que Freud designa como "represión originaria". Es la "primera fase de la represión, que consiste en el hecho de que al representante psíquico (representante-representación) de la pulsión se le niega la responsabilidad en el consciente. Con él se produce una *fijación*. En virtud de esta fijación, el representante correspondiente subsiste a partir de ahí de manera inalterable y la pulsión permanece ligada a él. Habrá de notarse que lo aquí pensado, de manera bastante misteriosa, pero necesaria, es una especie de adherencia o de "collage" de la representación de la pulsión –por medio de una "contrainvestidura"– a partir de la cual se producirá "la represión propiamente dicha", que es "represión a posteriori" (*Nachdrängen:* literalmente "empuje ulterior"), a través del cual el representante-representación original será mantenido a distancia. Tarea que exige una *acción* psíquica.

2. *"Defensa" y represión*

En realidad, es en la noción de defensa donde cristaliza, de manera todavía elemental, la dinámica del conflicto. Existe efectivamente una genealogía del "antiguo concepto de defensa" con aquel otro, metapsicológicamente más elaborado, de represión. El primero designa "de manera general todas las técnicas de las que se vale el yo en sus conflictos", mientras que el segundo es "uno de esos métodos de defensa" (*Inhibición, síntoma y angustia*, O.C., XX, p. 153). Existe entonces entre defensa y represión una relación de género a especie. Pero en realidad es "algo totalmente particular y mucho más claramente diferente de los demás mecanismos de lo que éstos lo son entre sí" (*Análisis terminable e interminable*, O.C., XXIII, p. 238). La defensa se instaura a partir de una representación irreconciliable (lo que lleva a hablar de "histeria de defensa").

La represión es en realidad tan determinante que no es infundado comparar lo inconsciente, en su núcleo, a lo reprimido –a menos que esta comparación se especifique con el afinamiento del desciframiento tópico-dinámico (véase *infra* la p. 89).

Ese "antiguo concepto" llevará una vida difícil, hasta el fin de la metapsicología: no es una casualidad que la última avanzada metapsicológica, la de la "división del yo", se encuentre articulada al "proceso de defensa" (véase *infra* la p. 91).

3. *El "álgebra" de la represión: representación y afecto*

¿En qué se apoya la represión? No en las pulsiones mismas, sino en sus "representantes", las representaciones. Los afectos, por su parte, no son propiamente hablando reprimibles –son más bien "contenidos" o "transformables".

Es posible reanudar en este nivel dinámico el problema que quedó en suspenso en el plano tópico (véase *supra* la p. 45) respecto a su naturaleza inconsciente.

Si el afecto no tiene derecho a expresarse, no es francamente comparable con "una formación inconsciente". Lo más preciso que puede decirse de ello es que representa una "posibilidad de rudimento *(Ansatzmöglichkeit)* que no ha logrado desarrollarse" (*Lo inconsciente*, O.C., XIV, p. 174). Dicho de otra manera, no se aloja en el sistema inconsciente de manera sedentaria, pudiendo "virar" de lo "consciente" al inconsciente, según las tribulaciones inconscientes de la representación. Es el lugar de una "lucha constante entre los sistemas *Cs* e *Ics*".

Sin embargo, Freud no vacilará en socavar su diferenciación al sugerir, a propósito del fetichismo, que en caso de negativa –respecto a la representación (fálica)– se asiste a una "represión del afecto" (*Fetichismo*, O.C., XXI, p. 148).

4. *La noción de "psicosexualidad"*

Lo que otorga a la represión su operatividad y su importancia, es efectivamente la moción sexual. El "anhelo de deseo" –para restituir en una perífrasis el término *Wunsch*– representa aquello que tiende a repetir la experiencia de satisfacción y mediante lo cual se constituye la defensa. *Wunsch* y defensa representan entonces la estructura bipolar de la dinámica. Freud forja la noción de "psicosexualidad", destinada a evitar la confusión con la sexualidad biológica (véase *infra*, a propósito de la "teoría de la libido", las pp. 67ss.).

Es aquí la "barrera del incesto" *(Inzestschranke)* lo que decide el destino de la pulsión. El "complejo nuclear" –de Edipo– se organiza a partir del impedimento, prohibición del goce de la madre que decide la entrada en la represión. Encontramos ahí la "escena original", encuentro con el deseo por el otro –bajo la forma de seducción o coito con la madre, elemento de la etiología sexual de las neurosis.

5. *Las formaciones inconscientes: gramática metapsicológica*

La dinámica conflictiva permite ordenar las formaciones inconscientes: sueño, lapsus y actos fallidos, por una parte, y por la otra fantasías y síntomas.

El modelo de esto es indudablemente el *sueño*. ¿Cuál es el significado metapsicológico de la idea de que "el sueño" es "la vía real de la interpretación de lo inconsciente"? Es debido a que el sueño, realización (disfrazada) de un deseo (reprimido) es el paradigma de la *Wunscherfüllung* o "realización-de-deseo". Freud utiliza el término "metapsicología" para designar "aquella parte de *La interpretación de los sueños* que completa las consideraciones factuales sobre lo orgánico sexual y los datos clínicos" (carta a Fliess del 22 de septiembre de 1899).

Esto da cuenta de la transformación del "contenido latente" del sueño en "contenido manifiesto", por medio de un trabajo inconsciente: condensación y desplazamiento, simbolización y elaboración secundaria.

El *síntoma* adquiere su significado propio al desprenderse de su connotación estrechamente médica (véase *infra* las pp. 99ss.) de signo de una enfermedad: considerado como formación inconsciente, representa esa formación de término medio entre la moción reprimida y lo prohibido. Por un lado, es el signo de la renuncia pulsional; por el otro, contiene paradójicamente la satisfacción original, en la medida en que perpetúa lo reprimido –en tanto que "formación reaccional" y "formación de sustituto".

La *fantasía*, formación psíquica estructurada como un escenario, plantea un problema de localización tópica: por una parte, las fantasías son "altamente organizadas, desprovistas de contradicción, se han valido de todas las adquisiciones del sistema *Cs* (consciente)"; por la otra, "son inconscientes y no son susceptibles de volverse conscientes". "En realidad, es su origen lo que sigue siendo decisivo para su destino" y tal origen se revela con un solo "rasgo", como en el caso de los "mestizos" (*Lo inconsciente*). La fantasía tiende efectivamente a indemnizar al individuo de las frustraciones de la realidad: "Las fantasías poseen una realidad psíquica opuesta a la realidad material" (*Conferencias de introducción al psicoanálisis*, O.C., XVI, p. 336). El examen de las fantasías de fustigación en las niñas –*Pegan a un niño* (1919)– revela el intercalamiento, entre dos fases conscientes ("El padre golpea al niño" y "Los niños son golpeados"), de una fase inconsciente ("Soy golpeado por el padre"). De esa manera resulta que esta dualidad metapsicológica de la fantasía rige su traslado a la escritura –lo que representa una auténtica promoción de la fantasía como puesta en representación del deseo edípico.

6. *Lo reprimido "extrasintomático"*

Independientemente de esas formaciones que de alguna manera lo instituyen, lo reprimido es igualmente susceptible de regresar en un "sentimiento". "Lo ominoso *(Unheimliche)* de lo vivido se produce en el momento en que algunos complejos infantiles reprimidos son reanimados por una impresión, o cuando ciertas convicciones primitivas superadas parecen confirmarse nuevamente" ("Lo ominoso", *O.C.,* XVII, p. 248). Habrá de notarse que, por medio de su teoría del *Unheimliche*, Freud proporciona la explicación metapsicológica de un fenómeno vivido. Es vivido como algo especialmente "ominoso" aquello que debió haber permanecido reprimido y cuya presencia acaba notificándose. Lo "reprimido" termina entonces por "fenomenalizarse".

Éste vuelve también bajo una forma que no se deduce de la patología, como el "chiste" *(Witz)*. ¿Qué sucede en ese momento? "Un pensamiento preconsciente se entrega por un instante a la elaboración inconsciente y el resultado es inmediatamente aprehendido por la percepción consciente" (*El chiste y su relación con el inconsciente*, cap. VI, *O.C.*, VIII, p. 159). Se notará que un juego con la censura se vuelve de alguna manera posible, lo que hace posible una puntual suspensión de la represión, gratificada con una "prima de placer".

La represión aparece entonces efectivamente como el principio de escritura de las formaciones inconscientes.

4

LA CANTIDAD
O EL FACTOR ECONÓMICO

El aparato psíquico está destinado a pensar un "funcionamiento". Ahora bien, éste obedece a "principios", los que son por su parte la base de la economía de la máquina psíquica.

Se habrá de recordar la inspiración termodinámica de la explicación metapsicológica (véase *supra* la p. 32): ésta implica por consiguiente el que se tome en cuenta el desplazamiento de las cantidades. Todo proceso tiene un "costo", lo que obliga a pensar en términos de gasto.

El punto de vista económico de la metapsicología consiste en "la tentativa de seguir los destinos de las magnitudes de excitación y a obtener una cierta estimación relativa de ellos" (*Lo inconsciente*, O.C., XIV, p. 178). A falta de un "cálculo" se trata en todo caso de evaluar los flujos de fuerzas que entran en juego en la dinámica psíquica.

1. *El problema de la cantidad: la homeostasis*

Desde el *Entwurf* aparece esta importancia del factor cuantitativo: lo prueba el hecho de que se inaugura, en calidad de "primera noción fundamental", mediante el "concepto de cantidad" (*O.C.*, I, p. 339). El "problema de la cantidad" (p. 325) se conforma a partir de la función de descarga y, correlativamente, de "vínculo", freno de la descarga.

Esta economía está ligada a la concepción misma de la pulsión, en su origen, la excitación: se trata de una "suma de excitación", función de las excitaciones internas a las que no es posible escapar mediante la huida.

Aquí interviene una dualidad esencial: "La investidura del deseo hasta el grado de la alucinación, el pleno desarrollo de placer que implica que la defensa se utilice plenamente, los designamos con el término de procesos psíquicos primarios; en cambio, los procesos que únicamente son posibles mediante una correcta investidura del yo y que representan una moderación de los anteriores, los designamos como procesos psíquicos secundarios" (*op. cit.*). Esta oposición organiza la oposición entre "energía libre" y "energía atada" y, correlativamente, la del "proceso primario" y el "proceso secundario".

La *Metapsicología* le otorga a Breuer la paternidad de esta hipótesis de "la existencia en la vida psíquica de dos estados de energía de inversión, un estado tónicamente ligado y un estado de energía libremente móvil, tendiente a la descarga", pero lo hace para entregarlo a la reflexión metapsicológica como problema: "Creo que esta distinción representa hasta hoy nuestra opinión más profunda respecto a la naturaleza de la energía nerviosa y no veo cómo sea posible evitarlo. Tendríamos una urgente necesidad, a fin de representarnos las cosas desde el punto de vista metapsicológico –aun cuando se trate en ese caso de una empresa todavía demasiado arriesgada–, de proseguir la discusión sobre ese punto" (*Lo inconsciente*, sec. V, *O.C.*, XIV, p. 185). Lo que significa que lo económico sigue perteneciendo al orden del postulado que sostiene la descripción, hasta que la metapsicología haya posido apoderarse de él como pregunta (véase *infra*, p. 94).

Es de esa manera como es preciso entender la expresión "principios del devenir psíquico" (*Prinzipien des psychischen Geschehens:* término que se traduce equivocadamente como "funcionamiento psíquico" y, aún más, como "mental": *Geschehen*, es el devenir cronológico). El principio mayor de la cronología psíquica es el "principio de placer", que se especifica, bajo el efecto de la renuncia, en "principio de realidad". Todo lo que sucede se produce por consiguiente en el psiquismo según dos principios, o, más bien, según ese principio con doble forma. Es en ese sentido, si se prefiere, lo que "hace funcionar" la máquina psíquica, a menos que no se "funcionalice" ese proceso.

El principio de placer organiza la psique según un principio homeostásico, de regulación mediante el más bajo mantenimiento posible del nivel de la excitación.

2. *La economía pulsional*

Es de esa manera como la pulsión –que se manifiesta como "fuerza constante" *(Pulsiones y destinos de pulsión)* y como "medida de la exigencia de trabajo que se le impone a lo psíquico como consecuencia de su vínculo con lo corporal"– trae consigo una economía de inversión ("representacional") y de descarga ("afectal"): la noción de "quantum de afecto" es en este caso reveladora, especie de "cantidad que es preciso postular como sustrato de las transformaciones del afecto". Esta definición económica, hay que señalarlo, rompe con una concepción cualitativa del afecto: el quantum de afecto corresponde a "la pulsión en la medida en que ésta se ha desligado de la representación y encuentra su expresión adecuada a su cantidad en procesos que se nos hacen sensibles como afectos" (*La represión*, O.C., XIV, p. 147).

3. *El deseo "económico"*

La máquina está regida por el *principio de inercia*, que hace que "las neuronas tiendan a deshacerse de la cantidad, y en consecuencia a mantenerse lo más cerca posible del estado 0". El aparato psíquico primitivo, confirma *La interpretación de los sueños*, está regulado por "la tendencia a evitar la acumulación de excitación y a mantenerse, hasta donde sea posible, sin excitación".

Ahora bien, eso habrá de precisarse bajo la forma del principio de "placer-displacer", regulado por el aparato psíquico, o sea: la evacuación de la tensión displacentera.

Correlativamente, es el *principio de constancia* lo que hace que el aparato psíquico tenga una tendencia a mantener la cantidad de excitación presente tan baja como sea posible en éste, "o al menos a mantenerla constante" *(Más allá del principio de placer)*. Este principio puede ser considerado a su vez como el fundamento económico del principio de placer, en el momento mismo en que Freud piensa un "más allá" de ese principio (véase *infra* las páginas 85-86).

También puede ser enunciado como "principio de Nirvana" (Barbara Low), es decir, como "tendencia a la constancia, a la supresión de la tensión de excitación interna" (*O.C.,* XVIII, p. 54). Pero precisamente la sexualidad da pruebas de que se busca un ascenso de la excitación: si "existen tensiones acompañadas de placer y relajaciones displacenteras", el principio de Nirvana no podría ser acreditado por la metapsicología de lo sexual.

La noción de económico está finalmente destinada a pensar la economía del placer. Éste es efectivamente indefinible en sí mismo, cualitativamente, pues sólo puede ser enfocado a través de las nociones de repetición y de cantidad. Así, una misma excitación, según su relación con el tiempo, puede virar al dolor o al placer.

4. *Economía libidinal y neurosis*

Sería un error considerar a la economía como un parámetro simplemente teórico. En el momento de interrogarse respecto a las condiciones que hacen que un individuo, hasta entonces saludable, "se enferme", es decir, se hunda en la neurosis, la psicopatología confirma la importancia del "factor cuantitativo", que "no puede ser desdeñado para dar cuenta del paso a la neurosis" (véase *infra* la página 108). No existe paso a la neurosis sin una cierta elevación de la libido que agrava las condiciones de la frustración. Conviene además subrayar que no se trata de una "cantidad absoluta", sino de la "relación entre el quantum activo de libido y esta cantidad de libido que el yo activo individual puede dominar, es decir, mantener bajo tensión, sublimar o utilizar directamente" –de tal modo que "una elevación relativa de cantidad de libido podrá tener los mismos efectos que una elevación absoluta". Es en los casos de cambio aparentemente endógeno– sin relación con una modificación del mundo exterior –en donde habría razones para postular el valor de "causación" del factor cuantitativo, que adquiere entonces todo su relieve.

5. *El trauma a prueba en la metapsicología*

Igualmente, el trauma es definido como "un acontecimiento que aporta a la vida psíquica, en un breve lapso de tiempo, un aumento de excitación a un grado tal que la eliminación o la elaboración de esta misma fracasa en su forma normal o habitual, de lo que normalmente se derivan perturbaciones duraderas de la empresa psíquica" (*Conferencias de introducción al psicoanálisis*, O.C., XVI, p. 252). Esta expresión, *seelische Betrieb*, confirma el carácter económico: se trata de una central energética, en este caso rebasada. Esto confirma que la "expresión traumática no tiene otro sentido sino un sentido económico como éste". Freud subraya incluso que una excitación demasiado fuerte y la efracción de paraexcitaciones componen la represión original (*Inhibición, síntoma y angustia*, O.C., XX, p. 90).

Pero la evolución misma del trabajo metapsicológico del trauma revela su complejidad (véase nuestro informe "Le trauma à l'épreuve de la métapsychologie", en *Psychiatrie française*, vol. XXX, noviembre de 1999, pp. 7-23). Se verá su relectura en relación con el narcisismo (véase *infra* la página 72) y la pulsión de muerte (véase *infra* la página 85).

Retrato metapsicológico del inconsciente. Aquello a lo que procede el metapsicólogo Freud es a una "autopsia"

(Agnoszierung) del inconsciente: el término, que designa la disección de un "cadáver", significa, etimológicamente, "la acción de ver con sus propios ojos" *(autopsia)*. Esta larga des(construcción) tiende de esa manera a ponerse "lo inconsciente" frente a los ojos. La travesía de la metapsicología contiene una paradójica y fundamental lección: el objeto mismo de la metapsicología –el inconsciente– sólo se alcanza según las coordenadas del espacio metapsicológico, o sea:

- como sistema (tópica): paso del inconsciente-principio al inconsciente-sistema;
- como dinámica: es la represión la que proporciona la verdad del inconsciente (y no al revés, como podría creerse);
- como económica, remite a un funcionamiento "primario" y a una economía de placer/displacer.

Por último, su núcleo está constituido por las mociones pulsionales, que representan su contenido primario.

Ahora se entiende sin paradoja que, desde Freud, el Inconsciente no existe más: lo que está en juego es una *clase* de *procesos* psíquicos. Al mismo tiempo se perfila como la instancia de la "cosa", o grado cero de la representación (aun cuando sólo se enfoque por medio de la representación). En cambio, lejos de ser "un órgano rudimentario, un residuo del desarrollo", o el "abismo" en el que se vertería todo lo que parece perturbador al preconsciente, "el *Ics* –subraya Freud– está vivo…, se perpetúa en sus vástagos" –paradójico resultado de la "autopsia" metapsicológica. Ni principio ni depositario, el inconsciente es el actor al mismo tiempo enmascarado y omnipresente de la vida psíquica.

SEGUNDA PARTE

LAS FIGURAS Y LAS EDADES DE LA METAPSICOLOGÍA

Ahora que disponemos de la estructura o arquitectónica de la metapsicología, sería conveniente comprender su dinámica.

Esto supone la descripción de los estados –en diacronía– de la metapsicología, tomando en cuenta simultáneamente –en sincronía– las tres dimensiones –tópica, económica y dinámica.

Así, tres momentos sucesivos se despejan, más allá de la complejidad de sus componentes:

- la edad de fundación de la metapsicología, que corresponde a la teoría pulsional y libidinal, centrada en el plano tópico sobre el sistema inconsciente, en el plano económico sobre el principio de placer y en el plano dinámico sobre la represión (cap. IV);
- la edad de salida a la luz y de "complementación", con la introducción del narcisismo y sus consecuencias en cadena sobre los diversos "artículos" de la teoría psicoanalítica (cap. VI);
- la edad de las "revisiones", o el sismo del "más allá del principio de placer" y de la pulsión de muerte, después las modificaciones de la tópica y correlativamente de la teoría de la angustia vuelven a trazar de manera radical el perfil del objeto metapsicológico (cap. VII).

Queda confirmado que la metapsicología es *work in progress* (véase *supra* la página 20). Existen entonces posibilidades para considerarla a partir del imperativo, enunciado por Freud en forma de insistente "consejo": "Cuando usted lee trabajos analíticos, verifique bien la fecha de su composición" (a Smiley Blanton, en *Journal de mon analyse avec Freud*, PUF, 1973, pp. 51-52). Es una forma de querer decir que cada texto "tiene fecha" para un estado –histórico– de la metapsicología.

Se encontrará en el esquema (página 68) una especie de "tópica" genealógica de la metapsicología freudiana, que permite seguir la génesis temática reconstruida más abajo, correlacionando los "estados" de la metapsicología con los escritos de alcance teórico. Éstos, de acuerdo con la exploración anterior y con la aclaración que sigue, pueden ser clasificados en tres tipos según su importancia para la metapsicología:

– los "textos-origen", que contienen avanzadas metapsicológicas –innovaciones o revisiones– y que conforman el corpus metapsicológico *stricto sensu* (señalados en el cuadro *);
– las "obras de transición", o sea aquellas que, sin ser propiamente hablando metapsicológicas, contienen elementos que apoyan de manera determinante dichas avanzadas para que sirvan de contexto (señalados en el cuadro o);
– los "escritos-hito", que desarrollan y especifican de manera temática o puntual las avanzadas de los "textos-origen", "soldando" sus efectos y consecuencias (señalados en el cuadro +).

5

LA TEORÍA DE LA LIBIDO
O LA FUNDACIÓN METAPSICOLÓGICA

La teoría de la libido puede ser considerada como el pilar que sostiene el edificio metapsicológico, en su fase de fundación. Nada concerniente al proceso inconsciente sería en efecto pensable sin su arraigo en la libido.

La *libido* es el sustrato de las transformaciones pulsionales, el ser propiamente sexual de la pulsión, susceptible de "evolución" *(Entwicklung)*.

1. *"Teoría de la libido" y metapsicología*

Sin embargo es preciso enfrentar una paradoja: la teoría de la libido, columna sustentadora de la explicación psicoanalítica, ¿es efectivamente una teoría metapsicológica?

En realidad, la teoría de la libido es una pieza mayor en la explicación de los procesos psicosexuales y la pulsión –concepto metapsicológico fundamental (véase *supra* la página 42)– está estrechamente ligada a la libido. Y, no obstante, el término "metapsicología" está ausente del texto-manifiesto de la teoría de la libido. Se puede decir que la teoría de la libido es lo que "enmarca" a la teoría de la pulsión, presentando su despliegue de manera inteligible. Pertenece al registro de los "presupuestos" *(Voraussetzungen)* de la

[67]

68 LAS FIGURAS Y LAS EDADES DE LA METAPSICOLOGÍA

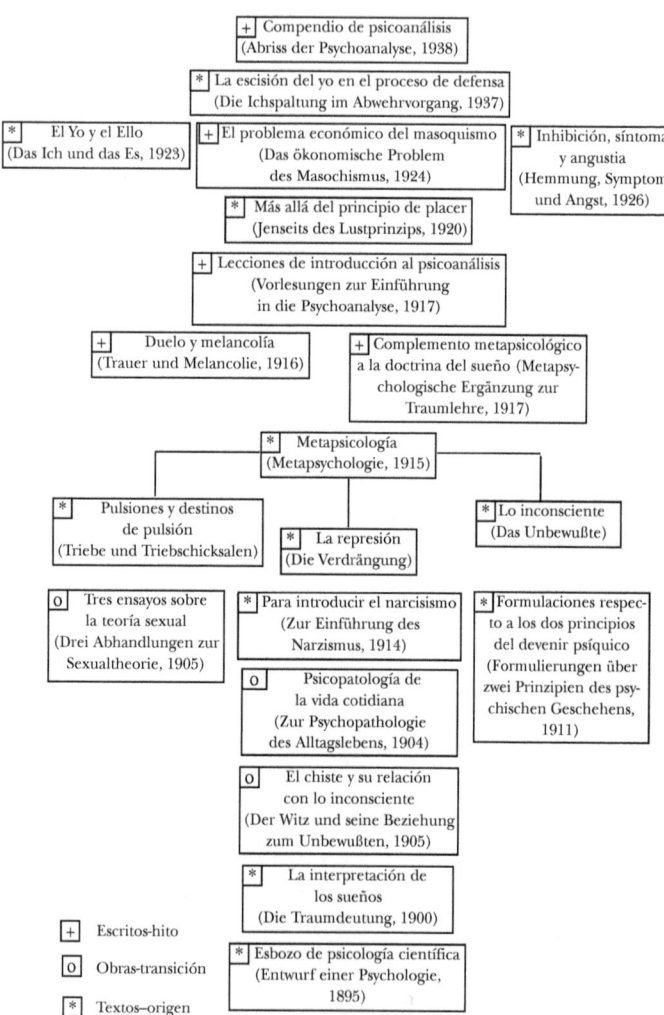

Genealogía de la metapsicología freudiana (bibliografía)

metapsicología misma, destinada a "guiar en la elaboración de los fenómenos psicológicos" *(Pulsiones y destinos de pulsión)*–, aunque con "deliberada independencia frente a la biología" (Prólogo a la 3ª edición de los *Tres ensayos*, 1914).

Es efectivamente (la teoría de la libido) "la parte de la teoría que se halla en la frontera de la biología", como complemento de las "elaboraciones" y "descubrimientos puramente psicológicos del psicoanálisis" (inconsciente, represión, etc.) (Prólogo a la 4ª edición de los *Tres ensayos*, 1920, *O.C.*, VII, p. 120).

La *libido sexualis* es incluso el "presupuesto fundamental", puesto que nada sucede en la *psique* sin la libido: "Mi propósito –dice Freud en 1914– era el de informarme respecto a lo que podía descubrir acerca de la biología de la vida sexual humana con los recursos de la exploración psicológica" (*O.C.*, VII, p. 119).

De hecho la libido proporciona a la teoría pulsional su doble fundamento, *económico* y *dinámico*.

Por una parte, se trata del depósito pulsional, puesto que las pulsiones representan las transformaciones de la libido, especie de energía sexualizada de base.

Por la otra, la libido es propiamente la "manifestación dinámica en la vida psíquica" de la "pulsión sexual" (*"Psicoanálisis" y "Teoría de la libido"*, *O.C.*, XVIII, p. 240).

2. *La génesis libidinal*

¿Es necesario entonces suponer que la teoría de la libido –como seriación de "fases"– introduce una dimensión "genética" –es decir de devenir, e incluso de desarrollo?

De hecho, esta dimensión "genética" no es una "cuarta dimensión" de la metapsicología –y el psicoanálisis no es reductible en consecuencia a una psicología del desarrollo.

Es no obstante lo que afirma Otto Fenichel, en su *Teoría psicoanalítica de las neurosis* (1945), en la que los "puntos de vista dinámico, económico y estructural" *(sic)* son relacionados con un punto de vista general, bautizado "desarrollo mental". Véase igualmente el "enfoque genético en psicoanálisis" exigido alternativamente a la investigación dinámica en 1945 por H. Hartmann, E. Kris, R.M. Löwenstein, *Éléments de psychologie psychanalytique*, 1964; PUF, 1975, pp. 8-34.

Claro, los *Tres ensayos* contienen una especie de "historia natural" de la libido. Pero, mejor considerado, es un modelo de desarrollo muy particular el que se desprende de ahí:

- por una parte, la *fijación* y la *regresión* a lo "pregenital" revelan la conformación del síntoma –lo que hace sus momentos de verdad del supuesto "desarrollo";
- por la otra, el carácter "parcial" de la pulsión que, a pesar de la tendencia a la unificación genital, implica un irreductible a lo que sería una integración mediante el desarrollo: la libido pasa de alguna manera de un objeto a otro, volviendo a experimentar con cada forma de "satisfacción" la existencia, en la pulsión sexual, de ¡"algo que no es favorable a la satisfacción"!

Es necesario añadir que de esta "evolución" se desprenden algunos "nudos" particularmente determinantes: por una parte, el "erótico anal", que puede reivindicar un grado de estructuración de alguna manera competitivo de la satisfacción genital; por la otra, la fase fálica, que representa una "primacía del falo".

3. *Teoría del objeto y objeto de la castración*

Si la sistematización de la teoría de la libido a teoría del desarrollo de la libido (realizada por Karl Abraham, véase *infra* la página 121) no se contradice formalmente con la aportación freudiana, sí desplaza el interés hacia el desarrollo finalizado, mediante el paso del autoerotismo a la objetalidad y de las pulsiones parciales al objeto genital, poniendo con ello énfasis en la naturaleza del objeto (oral, anal), lo que introduce una especie de "realismo" libidinal.

En Freud, éste estaba compensado de alguna manera por una atención a la "carencia". Por otra parte, las "transposiciones pulsionales" introducen la idea de una equivalencia de los objetos –oral, anal, fálico– que viene a criticar severamente un modelo "desarrollista" y finalizado (*Sobre las transposiciones de la pulsión en particular del erotismo anal*). Mejor aún: la castración aparece como el operador de las transposiciones pulsionales, considerando el hecho de que "el pene es ya desde la infancia la zona erógena rectora" *(Sobre las teorías sexuales infantiles)* y es "reconocido como algo disociable del cuerpo" ("Sobre las transposiciones..."). La cristalización del síntoma fóbico (véase *infra* la página 90) permite dar forma al "complejo de castración" (1908), momento de verdad de la prueba edípica.

4. *La libido y lo infantil: el "complejo de Edipo"*

Un momento de verdad del desarrollo libidinal es el complejo nuclear del inconsciente que es el complejo de Edipo –la paradoja es que el término mismo no es citado en los *Tres ensayos*.

¿Cómo caracterizarlo metapsicológicamente? Es conveniente partir de la definición genérica del "complejo": o sea, un conjunto organizado y fijo de representaciones provistas de afectos y generador de conflictos y de resistencias. El complejo de Edipo combina deseos amorosos dirigidos hacia el objeto materno y deseos hostiles dirigidos contra el objeto paterno. Supone entonces, por una parte, una teoría de la objetalidad –proporcionada precisamente por la teoría de la libido– y por la otra una teoría de la identificación, la que veremos cómo ha adquirido su plena dimensión con la "psicología del yo" freudiana (véase *infra* la página 80). No es sino hasta con la última teoría tópico-dinámica como el "complejo de Edipo" encuentra su forma acabada (véase *infra* la página 90).

El complejo de Edipo tiene de hecho como función la de articular la teoría de la represión y la teoría de la libido.

Descubierto en 1895, denominado en 1910 –en un ensayo de "psicología amorosa"–, el complejo de Edipo será objeto de una teorización acabada sólo hasta *El yo y el ello*, con la segunda tópica (véase *infra* la página 87), donde se encuentra despejada su doble forma, "positiva" y "negativa", hostilidad y apego cariñoso al padre. La consideración de la especificidad del edipo femenino, con el papel de la fijación hacia la madre, introduce igualmente una lógica específica (véase *infra* la página 91).

Lo que surge de este origen libidinal, es que "lo inconsciente de la vida psíquica es lo infantil" (*Conferencias de introducción al psicoanálisis*, O.C., XV, p. 193). Esta fórmula muestra el alcance metapsicológico de la teoría de la libido: identificación de "lo inconsciente" con "lo infantil". Rigurosa manera de traducir la frase del poeta: "El hijo es el padre del hombre."

5. *Cuerpo y psique: metapsicología del cuerpo*

En la medida en que la libido representa la "carne" de la psique, abre el problema de una metapsicología de la corporeidad.

La posición metapsicológica del cuerpo corta el camino a todo dualismo psicosomático, si se entiende bien la proposición freudiana de que el inconsciente –o sea el objeto propiamente metapsicológico– sería el *missing link*, es decir, el eslabón intermediario entre psique y soma (Carta a Groddeck del 5 de junio de 1917) –lo que confirma la definición de la pulsión como concepto límite entre psíquico y somático (véase *supra* la página 43).

Debido a eso mismo habrá de notarse la ambición metapsicológica que Ferenczi expresa de manera sin duda provocadora pero pertinente: "La metapsicología se ha impuesto la tarea aparentemente desesperada de establecer las bases materiales de los procesos psíquicos a partir de la observación de los mismos procesos psíquicos, es decir: edificar de alguna manera una parte de la biología, de la fisiología y de la física" ("La metapsychologie de Freud", *op. cit.*, p. 254). Todo parte efectivamente de los "proce-sos psíquicos": pero éstos dan acceso a su revés, lo real somático.

De hecho, la libido proporciona la carne de la metapsicología, su base "procesual". Pero se podría decir que la metapsicología apenas comienza a "trabajar" a partir del momento en que una cierta tensión entre objeto y sujeto entra en juego –o sea, con la inclusión del narcisismo, auténtica refundación de la metapsicología.

6

NARCISISMO Y (META)PSICOLOGÍA DEL YO

La "introducción" del narcisismo en la explicación metapsicológica representa una "puesta al día" o "complementación" *(Ergänzung)* capital. Ésta va a traer consigo una desviación del continente metapsicológico, de la objetalidad hacia la "libido del yo". Más allá, habrá de aparecer la noción de una "psicología del yo" *(Ichpsychologie)*, que significa la reorientación de la "psicología de las profundidades", del eje objetal al del *yo* –a menos que se experimente la complejidad de esta última noción.

1. *De Edipo a Narciso*

La introducción del narcisismo es, desde un cierto punto de vista, el acontecimiento, si no más importante, al menos sí el más original de la historia, por lo demás rica y compleja, de la metapsicología freudiana.

En un sentido, la teoría del narcisismo no es ni más ni menos, como lo subraya Freud, que "un desarrollo... legítimo de la teoría de la libido". Pero ésta supone su especificación mediante la oposición entre la "libido del yo" y la "libido de objeto" –novedad esencial puesto que, antes de la introducción del narcisismo, la expresión "libido de objeto" era un pleonasmo: lo que es inédito, es postular una libido investida originalmente en el yo– "narcisismo primario" –y después cedida y redistribuida a los objetos.

Se habrá de notar la metáfora *económica* portadora del narcisismo –en la medida en que se trata de pensar un derrame de energía, del yo a los objetos–, pero precisamente ese doble polo yo/objeto introduce una tensión original, especie de vértice que viene a reconsiderar la explicación metapsicológica en su *dinámica*, lo que, por último, impondrá en un cierto plazo un nuevo pensamiento de la *tópica* (véase *supra* la página 87).

2. *Las consecuencias de la introducción del narcisismo*

Ese "desarrollo" invoca a modificaciones en serie:

– en el plano tópico, se ve cómo aparece una instancia, el *ideal del yo* o *yo ideal*, que por lo demás se anticipa a la modificación general de la tópica y conduce al replanteamiento de la condición de la represión por el lado del "sujeto narcisista" (término empleado en *Pulsiones y destinos de pulsión, O.C.,* XIV, p. 126);
– en el plano dinámico, la represión es examinada por el lado del yo, que es su condición –y ya no únicamente en cuanto a sus efectos (en el plano "objetal").

Esto afecta la "doctrina de los sueños", a la que se le aporta un "Complemento metapsicológico". Aparece ahí "una modificación de la hipótesis relativa al narcisismo del sueño".

En tanto que la teoría de los sueños, contemporánea de la teoría de la libido, remitía a la realización del deseo –en su dimensión objetal–, el asunto del *Complemento* es el de la operación narcisista realizada por el soñador. Lo que se desprende, es la contradicción entre el deseo de dormir del yo, que supone una retracción de todo objeto y la reivindicación objetal de lo reprimido, que viene a perturbar el programa del sueño.

El ensayo sobre *Duelo y melancolía* refleja asimismo la dimensión narcisista en el proceso melancólico. Resulta efectivamente que "la melancolía toma prestada... una parte de sus caracteres al duelo y otra parte al proceso de regresión a partir de la elección de objeto narcisista hasta el narcisismo" (*O.C.*, XIV, p. 248). Dicho de otra manera, la pérdida del objeto de amor encuentra su circunstancia agravante, generadora de la patología melancólica, en esta identificación narcisista. La pérdida expone al sujeto a una apertura narcisista: es de ese modo como es preciso entender las fórmulas célebres: "el yo es fulminado por el objeto" y "la sombra del objeto cayó sobre el yo".

Estos efectos indican un desplazamiento general del eje de gravedad metapsicológico del "polo objeto" al "polo yoico". Esto lleva a plantearse el problema del "yo" y de sus funciones.

Correlativamente, la noción de corporeidad es reconsiderada: el "cuerpo libidinal" es especificado mediante la consideración del narcisismo corporal, puesto que "el sujeto empieza por tomarse a sí mismo, a su propio cuerpo, como objeto de amor" (como se dice a propósito del caso Schreber, *O.C.*, XII, p. 56).

Por otra parte, al notar que "una tosca herida simultánea por parte del trauma reduce las posibilidades del nacimiento de una neurosis", Freud pone de manifiesto la importancia del narcisismo como función de vínculo. En tanto que "la conmoción mecánica del trauma propiamente dicho tiene como efecto el de hacer ascender la excitación sexual", el lugar herido puede hacer posible una localización y un nuevo vínculo narcisista. La introducción del narcisismo completa entonces la función económica princeps del trauma (véase *supra* la página 62).

3. *La teoría del yo: funciones metapsicológicas*

Lo que es notable en la teoría freudiana del yo, es que ésta remite a una red de funciones que corresponden a apariciones bastante diferenciadas.

1. El yo, primeramente, es situado por Freud en cuanto a su función en la experiencia de satisfacción, o sea, como *principio inhibidor* de la realización alucinadora del deseo: es su primera función, la que prefigura la organización de la instancia yoica, según un proceso de especificación del "yo-placer" al "yo-realidad".

2. El yo aparece después como función de *defensa* contra el peligro pulsional –ya que la represión encuentra su condición en el yo– y correlativamente de dominio de la realidad: es lo que hará posible describirlo como una "vesícula protoplásmica" que filtra el interior y el exterior.

3. El yo está igualmente caracterizado, reorientado por el *narcisismo*, como "un reservorio de libido –llamada narcisista– del que fluyen las investiduras libidinales de los objetos y en el cual éstas pueden ser recogidas de nuevo" ("Psicoanálisis" y "Teoría de la libido", *O.C.*, XVIII, pp. 244-245) –de esa manera es como se debe comprender la expresión "libido *del* yo".

4. Por lo demás el yo es concebido, tanto en su estructura como en su origen, a partir de la *identifica-*

ción: formado a partir de una "identificación oral", se constituye como núcleo de las identificaciones secundarias –de acuerdo con su función edípica.

5. Por último el yo es –*a minima* pero tal vez antes que nada– un yo *corporal*, "proyección de superficie", derivado de las sensaciones corporales, al mismo tiempo "proyección mental de la superficie del cuerpo" y aquello que "representa la superficie del aparato mental".

• Principio de inhibición, vesícula protectora y polo de dominio de la realidad, depósito narcisista, núcleo y precipitado de identificaciones, proyección somatopsíquica: todo ello proporciona un "retrato metapsicológico" del yo, al mismo tiempo coherente y compuesto.

Es, señalémoslo, lo que vuelve difícil toda unilateralización: si el narcisismo (función 3) puede servir de base a la función especular, o la identificación (función 4) a una teoría del "rasgo unario" (Lacan) así como a una "psicología del yo" (Federn); si la teoría de la incorporación (función 4) aporta agua al molino de la teoría del objeto (M. Klein); si la corporeidad del yo (función 5) puede legitimar un enfoque psicosomático, el yo no se reduce exclusivamente a ninguna de esas funciones y obliga a llevar a un segundo plano las demás funciones –mientras que el *ego psychology* favorece la función de síntesis y de adaptación (función 2). Esto supone una revisión metapsicológica general (véase más abajo el cap. x), que equivale a una reducción de la polidimensión de la "psicología del yo" freudiana.

La expresión "psicología del yo", entonces, resume en Freud, mucho más que un punto de vista unificado, una sinergia de funciones, centrada en la multidimensionalidad del yo y que especifica la teoría de la objetalidad.

4. *La identificación y su promoción metapsicológica*

La noción de *identificación* es el tipo mismo de noción que pasó progresivamente, y de manera más bien lenta, de una categoría descriptiva a una categoría explicativa –ejemplar en ese sentido del trabajo de elevación de un concepto de su condición "fenomenológica" a una condición "metapsicológica" (en el sentido definido *supra*, página 26).

La identificación puede efectivamente ser aprehendida como una compleja variante del fenómeno psicológico de imitación. Para que éste adquiriera un valor superior, habría sido necesario precisamente despejar la noción de *incorporación* oral en su dimensión narcisista –adquirida únicamente con la introducción del narcisismo. Aquélla designa entonces "la forma original del vínculo afectivo con el objeto" (*Psicología de las masas y análisis del yo, O.C.,* XVIII, pp. 99-100), referida en ese concepto a la relación canibalística.

Pero, además, la elevación del complejo de Edipo a su dimensión metapsicológica –que por su parte sólo se realiza tardíamente (véase *supra* la página 73)– va a poner de manifiesto el papel decisivo de la identificación en la relación con los objetos paternos, en la medida en que es el renunciamiento a estos mismos objetos lo que va a hacer de ellos objetos de identificación e "imagos". Aparece entonces como un "sustituto regresivo de un objeto abandonado". La identificación se eleva progresivamente a la categoría de forma electiva de estructuración del sujeto.

Se notará de paso que es lo que justificará a Lacan en su distinción de dos formas de identificación, "imaginaria" y "simbólica" y que además eleve la noción de "rasgo único" a la categoría de "rasgo unario" *(Séminaire* IX, *L'identification)* para pensar el elemento de estructuración del sujeto.

No por ello es menos cierto que, en el único texto en el que aborda la identificación de manera específica y sintética, el capítulo VII de *Psicología de las masas y análisis del yo* (1921), Freud menciona de nuevo el sentido descriptivo elemental –identificación con algún otro en ausencia de toda inversión sexual sobre la base de un elemento común– al lado de los otros dos sentidos, propiamente explicativos. Lo que prueba que el término debe conservar su carácter abierto, y por ende una categoría de institucionalización metapsicológica de "medio alcance".

Al subrayar que la identificación se refiere electivamente a "un rasgo único" *(einziger Zug)* del objeto, Freud la plagia de una concepción de la imitación de la "persona". Con esta noción de *Zug* se confirma una especie de característica mayor del inconsciente como objeto metapsicológico: efectivamente, recordamos que el origen inconsciente de la fantasía se "traiciona" de manera más segura con tal "rasgo notable". La recurrencia de esta noción no es fortuita: revela la lógica "parcelaria" del objeto inconsciente que la metapsicología toma en cuenta. La metapsicología podría ser en ese sentido un pensamiento del "rechazos", como el psicoanálisis es una interpretación de los "refuse" ("rechazos") de la observación, como lo sugiere el ensayo sobre "El Moisés de Miguel Ángel".

5. *Metapsicología de la realidad: "yo-placer" y "yo-realidad"*

La introducción del narcisismo lleva a recapitular respecto al problema de la realidad. Esta noción está efectivamente bien redefinida por la metapsicología.

En el primer nivel, hemos visto cómo la "realidad psíquica" era definida como una de las (cuatro) características mayores del proceso inconsciente (véase *supra* la página 38). Ésta había sido establecida a propósito del sueño y de la fantasía: "La realidad *psíquica* es una forma particular de existencia que no debe confundirse con la realidad *material*", se dice en *La interpretación de los sueños* (*O.C.*, v, p. 607). Por lo demás, "las fantasías poseen realidad *psíquica* por oposición a una realidad *material*" (*Conferencias de introducción al psicoanálisis, O.C.*, xvi, p. 336). Tesis de alcance psicopatológico (véase *infra* la página 105): "En el mundo de las neurosis, es la realidad psíquica la que juega el papel dominante."

En el segundo nivel, la realidad, como ya lo vimos, aparece como elemento de segundo principio del devenir psíquico, especificando, como principio propio, el principio llamado de "placer". La noción de realidad es correlativa a la de placer.

Con la introducción de una "psicología del yo" bajo el impulso del narcisismo, el problema se cierne alrededor de la dialéctica entre "yo-placer" *(Lust-Ich)* y "yo-realidad" *(Real-Ich)*. Si esta oposición se plantea como correlativa a los principios de placer y de realidad, también añade una interesante complicación. Pues lo que Freud designa como "yo-realidad" es, en principio, aquel que sucede, en el devenir, al "yo-placer" ("Formulaciones sobre los dos principios del acaecer psíquico"); pero después, es "el yo-realidad del principio", entendiendo por éste el que evalúa la realidad bajo la supremacía del principio de placer *(Pulsiones y destinos de pulsión)*.

Esta diferencia se debe a que, en el primer planteamiento, el punto de vista del devenir es determinante, en tanto que, en el segundo, se trata de localizar la función de realidad y de placer con respecto a la dualidad del yo y de lo real.

En todo caso queda claro que la "realidad" representa una categoría metapsicológica por construir. La noción de "realidad psíquica" sigue siendo su hilo rojo. La evolución de la metapsicología, particularmente la introducción de la segunda tópica (véase *supra* la página 85) y sus consecuencias psicopatólogicas (véase *supra* la página 86) permitirán confirmar esta noción, especificándola al mismo tiempo en el plano dinámico.

La referencia al yo es, por consiguiente, lo que abre el ángulo de explicación metapsicológica, introduciendo una tensión con la objetalidad. No por ello la "teoría de la libido" se ve socavada –y Freud, en su discusión con Jung, defenderá a "la ofendida diosa libido". Además convendría "no perjudicar al yo". La sabiduría metapsicológica consiste en esta "atención dirigida igualmente a los dos campos de la pulsión", según la feliz expresión de la carta a Jung del 19 de diciembre de 1909 (véase nuestro libro *L'entendement freudien, op, cit.*, pp. 190ss).

Por otra parte, el narcisismo, innovación metapsicológica *princeps*, aporta una cosecha de elementos de relectura clínica, en el orden de la perversión, de la hipocondría, de la psicosis. En una palabra, la metapsicología encuentra con el narcisismo una nueva juventud.

7

LA METAPSICOLOGÍA REVISADA

La metapsicología ha conocido, por iniciativa de Freud, una cierta cantidad de actualizaciones, al mismo tiempo en número limitado y respecto a puntos fundamentales. Es preciso efectivamente comprender que Freud, creador de la metapsicología, es también, de hecho, su usuario, por lo que trata de perfeccionar incesantemente su herramienta.

Ya no se trata de "complementaciones", sino de "revisiones", o sea, de "modificaciones de concepciones anteriormente expresadas" (título del apéndice de *Inhibición, síntoma y angustia*).

Lejos de reducirse a un cambio de opinión –el metapsicólogo es todo excepto una "veleta"–, esta "puesta al día" no ataca sus fundamentos: Freud nunca habrá de replantear totalmente los principios de la teoría de la libido y del narcisismo, pero nuevas perspectivas que reorientan las cosas se abren en un momento dado –es la gran cesura de 1920.

El término "revisión" –que designa propiamente el cambio de una posición respecto a un punto preciso de doctrina– debe concebirse no tanto como un "escarceo", sino como un retorno a los problemas que quedaron abiertos por el anterior estado de la teoría. La metapsicología debe entonces "reescribir su copia", no solamente para mejorar la teoría, sino para permanecer a la altura de la complejidad de la clínica. Se llega incluso a presentar el hecho de que Freud sobrestime el alcance del corte, en la medida en que algunos elementos de la nueva teoría resultan efectivamente contenidos en la antigua: se trata para él, no obstante, de "acusar el golpe" del cambio para atraer la atención respecto a la evolución conseguida y "volver a afilar" la dificultad.

1. *La revisión del dualismo pulsional: la "pulsión de muerte"*

Es probablemente en *Más allá del principio de placer* donde se puede aprehender al metapsicólogo en pleno trabajo de reconsideración de su objeto, con toda la audacia especulativa que ello implica –mientras Freud hace en cierto modo de su lector el testigo "en directo" de sus interrogaciones y de sus hipótesis.

Es por una parte notable que los hechos clínicos tomados en cuenta no sean nuevos propiamente hablando, sino que sean objeto de una relectura; y por otra parte, el que Freud presente su procedimiento como una manera de seguir una "sucesión de ideas", "para ver adónde llevan", confesando sin embargo que dichas "concepciones" han cobrado sobre él tal ascendente que en lo sucesivo es incapaz de "pensar de otra manera" *(El malestar en la cultura, O.C.,* XXI, p. 115).

Examinando una serie de hechos –organizados alrededor de fenómenos compulsivos de repetición y bajo el efecto del espectáculo del "juego de la bobina" (*Fort/Da*) del niño que acompasa la partida de la madre–, Freud cree poder encontrar la pista de una tendencia altamente paradójica, que es la de repetir la experiencia del displacer: acaba de tropezar con lo real mismo de la *Todestrieb*.

La noción de *repetición* adquiere por ello mismo una dimensión central en la reforma metapsicológica. Tal noción se expresa de manera particular en la noción de "compulsión" o "coerción" de repetición (*Wiederholungszwang*).

¿En qué sentido representa esto una revolución? El "más allá del principio de placer" no significa que se haya pasado a un más allá —en cuyo caso la pulsión de muerte representaría una especie de "metaprincipio de placer". El principio de placer en el sentido antes definido (véase *supra* en la página 59) no es invalidado: sigue siendo incluso la tendencia fundamental de la psique, pero se convierte en una función de la pulsión de muerte.

Esto se deriva de esa "tendencia a restablecer un estado anterior" y trabaja a la *psique* como fuerza de desvínculo. Nos acercamos así a un lugar que está del otro lado *(jenseits)* del lugar en el que nos encontrábamos, aquí mismo *(diesseits)*, es decir, el principio de placer: cambio de *emplazamiento metapsicológico*. El principio de homeostasis (véase *supra* la página 57) resulta en consecuencia por lo menos relativizado.

Este cambio lleva a reformas en serie.

En el plano de la conflictividad inconsciente, el centro de gravedad pasa entre Eros, fuerza de vínculo, y Tánatos, fuerza de desvínculo.

El *masoquismo originario* adquiere un relieve decisivo, como "testigo" y "residuo" de "esa fase de formación en la que la aleación, tan importante para la vida, de pulsión de muerte y de Eros, tenía lugar" (*El problema económico del masoquismo*, O.C., XIX, p. 170).

El traumatismo adquiere su sentido como efecto del desvínculo, según lo indica la "revisión de la doctrina de los sueños" (XXIX^a de las *Nuevas conferencias de introducción al psicoanálisis*), destinado a conciliar la realización de deseo del sueño con los "sueños traumáticos", repetición de displacer. De manera más fundamental, "lo traumático" es visto como "el estado en el que fracasan los esfuerzos del principio de placer", que no puede "ser aliviado por la norma del principio de placer" (*O.C.*, XXII, p. 100): si la esencia económica de lo traumático (véase *supra* la página 62) se confirma, se especifica entonces mediante esta dimensión de desvínculo pulsional.

Un momento determinante de esta evolución es aquel pasaje de *Inhibición, síntoma y angustia* en el que Freud declara: "La explicación metapsicológica de la regresión, la busco en un 'desvínculo pulsional', en la separación de los componentes eróticos que, al principio de la fase genital, se añadieron a las investiduras destructivas de la fase sádica" (cap. V, *O.C.*, XX, p. 109).

Efectivamente, la *regresión* deja de ser considerada dentro de una representación "genética" simplista –luego todavía "fenomenológica" (en el sentido definido *supra*, página 25), es decir, el regreso a una fase superada de la evolución libidinal. La regresión consiste en la actualidad de un proceso de "separación"– desvínculo, desunión o desintrincación –entre pulsiones eróticas y agresivas, entre Eros y Tánatos.

2. *La revisión de la tópica: "yo", "ello" y "superyó"*

¿Qué es lo que mueve al metapsicólogo a remplazar los "sistemas" inconsciente-preconsciente-consciente por la trilogía "ello/yo/superyó"? ¿Por qué remodela de esa manera su mapa de la psique? Aún más: ¿se trata acaso del mismo "aparato psíquico" de un principio (véase *supra* la pp. 38ss.)? Lo que sucede es que cayó en la cuenta de que, por muy esclarecedora que fuera, esta primera tópica no era propiamente hablando una "teoría", sino una "primera rendición de cuentas sobre los hechos de nuestra observaciones" (*Esquema del psicoanálisis*, cap. IV, *O.C.*, XXIII, p. 159).

Este nuevo dibujo de la cartografía psíquica está entonces destinado a pensar de manera más precisa lo que sucede.

Si únicamente se trataba de llamar "ello" a lo que hasta entonces se había llamado "inconsciente", o "yo" a lo que definía la "conciencia", únicamente se habría cambiado la terminología –aun cuando la posición del superyó parecía por lo demás problemática: ¿es éste consciente, inconsciente? De hecho, es toda la dinámica la que reorganiza la nueva tópica. Ésta da una cierta preferencia a la reconstrucción dinámica (en el sentido dado *supra* en las páginas 49ss.), en tanto que la antigua daba preferencia a la escritura de los sistemas (véase *supra* la página 33).

Se habrá de notar la importancia de las repercusiones en la misma psicopatología: la diferencia entre neurosis y psicosis consiste propiamente, en efecto, en "la diferencia tópica en la situación patógena" (*La pérdida de realidad en la neurosis y la psicosis*, 1924, *O.C.*, XIX, p. 196): la neurosis supone originalmente un conflicto entre yo y ello –lo que hace que en una segunda etapa el ello reclame una indemnización, en tanto que la psicosis se caracteriza por una negación de la realidad por parte del yo, lo que se compensa mediante el delirio, tentativa de reconstrucción de la realidad.

Se habrá de notar la incidencia de la tópica sobre la función metapsicológica de realidad (véase *supra* las páginas 81ss.): "El nuevo fantasioso mundo exterior de la psicosis quiere ocupar el lugar de la realidad exterior; el de la neurosis, por el contrario, desea apoyarse, como el juego infantil, en un fragmento de la realidad", lo que confirma la noción de realidad psíquica. Pero la dinámica binaria permite diferenciar el destino de la realidad en los dos casos: en la neurosis, "la disminución de relación con la realidad" es consecuencia, en una segunda fase, de la represión, en la que la pérdida de la realidad se apoya "en el fragmento de realidad cuya exigencia tendría como resultado la represión pulsional"; en el proceso psicótico, la segunda fase apunta a compensar la pérdida de la realidad, mediante creación de "percepciones capaces de corresponder a la nueva realidad". Esto permite situar el "comportamiento normal" como aquel que "al igual que la neurosis, no niega la realidad, sino que se esfuerza, después, al igual que la psicosis, en modificarla".

El superyó sigue siendo la avanzada más original de esta segunda tópica. "Relación de estructura" *(Strukturverhältnis)* y no principio (como la "conciencia"), representa al mismo tiempo lo prohibido y la función crítica –polo de la dinámica conflictiva–, pero también un foco de la pulsión de muerte, como interiorización de la agresividad –lo que se demuestra en forma extrema en la melancolía, en la que el superyó se acepta "pura cultura de pulsión de muerte". De esa manera, el superyó remite a la identificación paterna (véase *supra* la página 80) y al ideal del yo, lo que hace de él el operador inconsciente de la transmisión cultural (que se opera a partir del "superyó paterno"). Pero, por otra parte, representa el operador de la des(intrincación) pulsional – y en tal calidad lo más cercano al ser pulsional.

3. *La revisión de la teoría de la angustia*

Es el problema de la angustia lo que representa el elemento más visible, cuando no el más importante, de esta "reconsideración" tópico-dinámica. Freud invalida explícitamente, e incluso ostensiblemente –en forma de confesión desagradable– su primera concepción de la angustia, correlativa a la teoría de la libido (véase la pp. 68ss.), según la cual la angustia procedía de la conversión directa de la libido insatisfecha. A esta forma "automática" de la angustia, a la que deja en su sitio, opone una forma de alguna manera más inteligente de la angustia: la angustia remite a una especie de *reacción* del yo frente al peligro pulsional, de tal suerte que éste se apodera de él y lo reproduce como advertencia (sec. XI, B, *O.C.*, XX, p. 152). En ese sentido, el yo se afecta de angustia, movilizándose contra el ello –lo que es efectivamente ilustrado por la *fobia*. Es la postura del yo frente a la angustia de castración lo que desencadena la represión (mientras que en la antigua concepción era la represión lo que supuestamente producía la angustia).

4. *El complemento a la teoría del objeto: el "preedípico"*

El examen del desarrollo libidinal de la hija lleva a Freud a pensar en una fase "preedípica". Esto supone dirigir la atención hacia una fase al mismo tiempo pregenital y preedípica –terreno en el que Freud sólo se aventuraría de manera prudente. Al penetrar en esta zona de "prehistoria", Freud se vale de un estado de sorpresa, e incluso de desarrollo análogo al enigma micénico, es decir: de una lengua que es al mismo tiempo similar y ajena a una lengua conocida –el griego, o sea ¡la lengua edípica!

Es la dimensión del "vínculo con la madre" *(Mutterbindung)* por parte de la hija, de la que ésta únicamente saldrá al cabo de su confrontación con la castración y mediante el recurso del padre.

Señalemos que es Freud el que emplea el término "preedípico", lo que le permite reconocer esa forma de satisfacción anterior al Edipo, otorgándole al mismo tiempo un carácter "umbrío" e "incompleto". La noción de "preedípico" viene a completar y a complicar la de "pregenital" (véase *supra* la p. 71). Por lo demás, ésta viene a dar toda su resonancia a la pregunta "¿Qué desea la mujer?" (véase en este punto P.-L. Assoun, *Freud et la femme*, Calmann-Lévy, 1983; Payot, 1995).

5. *La revisión del sujeto: la escisión del yo*

La escisión del yo *(Ichspaltung)* obliga a pensar en una "hendidura" –es el sentido literal del término *Spaltung*– implícita a la instancia del mismo yo, mientras que la represión implicaba una separación del "yo" y del "objeto".

En el texto en el que introduce esta última revisión, *La escisión del yo en el proceso de defensa*, el mismo Freud se interroga respecto a la novedad de lo que ahí se expone: si es que debe considerar lo que va a desarrollar como algo "conocido desde hace mucho tiempo y cae de su peso" o como algo "nuevo y desconcertante" –decidiéndose finalmente por la segunda posibilidad. Esta alternativa es representativa de todo el proceso metapsicológico: éste es al mismo tiempo la repetición infatigable de una misma verdad y su renovación. La introducción de la noción de *Ichspaltung* en la concepción del proceso de defensa renueva ese "antiguo concepto" (véase *supra* la p. 51), al mismo tiempo que confirma su importancia y subraya su alcance: es como algo escindido como se presenta "el tema de la defensa".

El yo no sólo entra en oposición con el objeto; también puede escindirse, como en la represión, bajo el efecto de la amenaza traumática (de castración), lo que introduce una "hendidura" *(Einriss)*, como doble actitud frente al trauma, reconocimiento y negación. Es debido a eso que la "función metapsicológica" del *sujeto* hace su entrada en la forma freudiana de pensamiento, al cabo de un épico trayecto.

En este punto remitimos al lector al capítulo de "Conclusión" de nuestra *Introduction à la métapsychologie freudienne* (*op. cit.*, pp. 239ss.) en el que aparecen detalladas las ocurrencias del término *Subjekt* en el corpus freudiano.

El "sujeto" es en Freud un término adquirido a un alto precio: más que una noción, es una "función metapsicológica". Correlativamente, aparece una repercusión en la psicopatología (véase *infra* la p. 110).

6. *La diversificación de los actos físicos: la función de "marcha atrás"*

Esta función de sujeto inconsciente conduce a una nueva consideración de las diversas posiciones frente al propio "objeto". Es posible considerar que, al lado del acto psíquico fundamental, el de represión *(Verdrängung)* (véase *supra* la p. 49ss.), se encuentra actualizada una "panoplia" de actos que, en el segundo aliento de la metapsicología freudiana, adquieren un relieve particular.

El examen de la negación *(Verneinung)*, descrita en el artículo epónimo de Freud (1925), permite volver a abordar el problema de la represión. ¿Cómo puede un sujeto enunciar el contenido mismo de su represión sin dejar de negarlo (como en las fórmulas "ahora va usted a pensar que voy a decir algo ofensivo" o "usted pregunta quién puede ser esta persona del sueño. Mi madre, *no* es") (*O.C.*, XIX, p. 253)? Resulta así que la "negación es una forma de adquirir conocimiento de lo reprimido", lo que supone "una supresión de la represión", pero no "una aceptación de lo reprimido" (*ibid.*). Ese "juicio de condenación" es una auténtica "marca de fábrica" inconsciente, pero simultáneamente "el pensamiento se libera de las limitaciones de la represión" (p. 254). Este acto afina por consiguiente la concepción de la represión, abriendo al mismo tiempo la vía a una articulación al segundo dualismo pulsional: la afirmación y la negación son efectivamente descifradas como expresión –gramatical– de la dualidad de Eros y Tánatos (p. 256).

La puesta al día de la negativa *(Verleugnung)* referida a la realidad de la percepción –como en el caso de la negativa de la ausencia fálica en la madre– proporciona la situación originaria y el mecanismo determinante de la génesis del fetichismo (véase *infra* la p. 106). Este término, traducible igualmente como "mentís" o como "retractación", se diferencia de la "escotomización" (Laforgue) por el hecho de que la percepción permaneció, y en consecuencia que se ha emprendido una acción muy enérgica para mantener su negativa.

El caso del Hombre de los lobos ofrece igualmente la oportunidad, a través del episodio de la alucinación del dedo cortado, de tomar nota de una actividad de "rechazo" *(Verwerfung)*, término con el cual contará Lacan al "retraducirlo" y adoptarlo en su carta (como "forclusión").

Estos diferentes actos representan formas de "vuelta atrás" *(Verurteilung)* –como represión, negación, retractación, rechazo– que, como habrá de notarse, gira siempre alrededor de la castración.

7. De la intepretación a la "construcción"

Esta revisión encuentra su eco en la misma técnica analítica. La noción de "construcción", empleada por Freud desde 1920, se eleva de alguna manera a la categoría de operador metapsicológico mayor del dispositivo psicoanalítico en el texto que lleva como título *Construcciones en el análisis* (1937). Más allá de la interpretación puntual del hecho significante, se despeja la posibilidad de "adivinar lo que ha sido olvidado a partir de los indicios", en una palabra, de "construir" (*O.C.*, XXIII, p. 260). Eso es lo que otorga al proceso analítico su valor interactivo entre el sujeto-constructor (el analista) y el sujeto "construido" (el paciente en su forma de "existencia psíquica")...

Se habrá de notar que esas revisiones, por muy coherentes que sean, no se unifican: de esa manera, Freud jamás articuló realmente la segunda tópica y la teoría de la pulsión de muerte –armonización que hubiera resultado artificial. Y sin embargo: por un lado, al afinar las explicaciones por medio de las instancias, la segunda tópica había reforzado el polo tópico-dinámico de la explicación metapsicológica, haciendo pasar relativamenta a un segundo plano la explicación económica. Por medio de un movimiento de balancín, la pulsión de muerte vuelve a impugnar radicalmente lo económico al mismo tiempo que considera la idea de un doble destino para una misma energía, susceptible de sexualizarse o de virar hacia la agresividad.

Igualmente, la "escisión del yo" parece una espina plantada en la tópica: ya no se trata efectivamente de una relación entre instancias, sino de la división interna de una instancia. Algo como una derogación a la regla tópica mínima de distinción y de relativa homogeneidad de las instancias.

De esta travesía de la dinámica de la metapsicología se suscita una curiosa impresión: todo sucede como si la teoría de la libido hubiera representado la juventud de la metapsicología, el narcisismo su madurez (y "segunda juventud"), en tanto que su última fase, de envejecimiento y "segunda madurez", lejos de ser repetitiva, había sido la más revolucionaria y la más atravesada de sismos. Es precisamente en ese momento que él la nombra "hechicera".

TERCERA PARTE

DESTINOS DE LA METAPSICOLOGÍA

Ahora que ya están ubicados la estructura y el funcionamiento de la metapsicología, conviene mostrar cuáles son los "destinos" que ésta ha experimentado, al mismo tiempo en la economía interna de la empresa freudiana y después de ella.

Esto supone la interrogación de las repercusiones mayores de la teoría metapsicológica:

– por una parte, respecto a la concepción misma del síntoma –en su dimensión clínica y psicopatológica (cap. 8);
– por la otra, respecto a la concepción antropológica, en la que la metapsicología adquiere su relieve como "psicoanálisis aplicado", en el sentido más radical (cap. 9).

Entonces toma forma el problema de los destinos externos de la metapsicología freudiana: ¿en qué se convirtió, qué ha sido de ella después de Freud? (cap. 10).

8

METAPSICOLOGÍA, CLÍNICA Y PSICOPATOLOGÍA

Sería un error considerar que la metapsicología se reduce a su función propiamente dicha, formal, de saber fundamental de la *psique*.

Por una parte, sostiene a la clínica. "Toda historia calla o se desvanece siempre en el lecho del enfermo": esta fórmula del médico Corvisart es en parte invalidada por Freud. Pues si toda teoría se adquiere efectivamente dentro del psicoanálisis "en el lecho *(clinis)* del enfermo", es decir, en la escuela del síntoma, la teoría no calla ni se desvanece: la "hechicera" continúa hablando. Aún más: ella solamente es "inspirada" por la clínica. La metapsicología es la puesta por escrito de la clínica. Si "el ejemplo es la cosa misma" –imperativo clínico–, la metapsicología es el pensamiento de la "cosa".

Por otra parte, da cuenta de la psicopatología y permite pensar el acto analítico –el que se refiere a la terapéutica.

Por último, la metapsicología permite de alguna manera establecer un diagnóstico, de tamaño real, del estado de "salud" de un sujeto –y es desde ese ángulo desde el que conviene abordarlo.

1. *La metapsicología, teoría de "la salud"*

Hacemos alusión a esta afirmación: "La salud... no se deja describir sino de manera metapsicológica, respecto a las relaciones de fuerza entre las instancias del aparato del alma que ya reconocimos o, si se prefiere, supusimos, dedujimos" (*Análisis terminable e interminable*, sec. III, n. 1, *O.C.*, XXIII, p. 227). ¿Cómo entender esta idea que, para ser expresada de forma límite (y en una nota), no debe por lo tanto dejar de ser tomada al pie de la letra en todo su alcance? Después de todo, la "salud psíquica" de un sujeto se define habitualmente mediante parámetros clínicos. Para Freud, el verdadero estado de salud se deriva de la consideración de las relaciones entre yo, ello y superyó –para decirlo en los términos de la segunda tópica. Son la categoría que se le otorga a la satisfacción pulsional y la relación de fuerza intrapsíquica las que permiten juzgar el estado de salud de un sujeto.

¿Qué es lo que hay que decir en concreto? El que un sujeto sea aparentemente "equilibrado", adaptado y controlado, no nos dirá nada respecto a su verdadero "estado de salud" (psíquico y pulsional). Mediante el examen metapsicológico es posible descubrir un superyó feroz, que humilla a un yo disminuido, desencadenando en contra suya las sevicias de la pulsión de muerte combinada con la violencia pulsional del ello. En resumen, la verdad del sujeto se encuentra efectivamente en el nudo conflictivo que define su historia y sólo aparece a la luz de un examen metapsicológico. Es dándole lo necesario a la satisfacción pulsional y manteniendo al superyó en los límites del vínculo/desvínculo como el yo da pruebas de su "salud".

Por consiguiente, la metapsicología es en sí misma una contribución a la psicopatología, o, mejor: es *la psicopatología misma, recobrada por la causalidad inconsciente*. El alcance de esta ambición se evalúa con el trabajo que ésta lleva a cabo y con los resultados que acumula, para ser comparados con los demás enfoques de la psicopatología.

Así como existe una "historia de enfermo", existe también una escritura teórica, propiamente metapsicológica.

Ferenczi no dudará en ir más lejos al declarar: "Debido a que conocemos la estructura metapsicológica de las neurosis, ya no nos encontramos totalmente entregados al azar, como en otro tiempo, cuando se trata de volver al origen de un estado psíquico patológico" ("La metapsiychologie", *op. cit.*, p. 264). La metapsicología sería entonces una teoría estructural de los estados de salud y de enfermedad.

Es así como Freud propone: "Aventuremos una descripción metapsicológica del proceso de represión en las tres neurosis conocidas de transferencia" (*La represión*): histeria de angustia, histeria de conversión, neurosis obsesiva se dejan describir metapsicológicamente.

2. *Nosografía freudiana y etiqueta metapsicológica*

Por un lado, Freud se refiere a la psicopatología existente, tomándole prestadas sus categorías, sin gastar demasiada energía en la impugnación de las palabras.

En el campo de las neurosis, se confronta a una entidad nosográfica como la histeria, cargada de una reflexión milenaria –desde la creación de la palabra "neurosis" por Cullen (1777). La obsesión y la fobia son entidades psicopatológicas que adquieren su jerarquía en la década de 1880, precisamente en el momento en que el psicoanálisis habrá de interesarse en ellas. En el campo de las psicosis, el "taller" metapsicológico es paralelo al esfuerzo de sistematización nosográfico contemporáneo.

En el campo de las psicosis, se encontraba con una tradición estacionada en la síntesis a la que podría llamarse kraepeliana, realizada al final del siglo anterior, sin ofrecerse como objetivo deliberado el de producir una revolución nosográfica.

Es efectivamente Emil Kraepelin quien, en su suma *Traité des maladies mentales*, sistematizó las entidades nosográficas, entre 1890 y 1907, o sea, en el periodo contemporáneo a la creación del psicoanálisis. En 1899, fecha de la 6ª edición, la clasificación de las psicosis se estabiliza alrededor de una trilogía: paranoica, locura maniaco-depresiva y "demencia precoz". Por lo demás, en la *dementia praecox* diferenciaba tres formas: hebefrénica, catatónica y paranoide. Eugen Bleuler introdujo la noción de esquizofrenia en 1911 (*Dementia praecox ou le groupe des schizophrénies*). Es, como se sabe, por la intermediación de la escuela de Zúrich y C.G. Jung (Burgholzi), con motivo de su afiliación al psicoanálisis, como se realiza el encuentro con la teoría de la psicosis. Es preciso añadir a todo ello algunas avanzadas muy puntuales, como la Amencia o psicosis alucinatoria, estudiada por su maestro de la Universidad de Viena Emil Meynert, y a la que no dejará de referirse.

De hecho, Freud utiliza los términos "histeria", "fobia", "paranoia", "demencia precoz" (después "esquizofrenia" o "parafrenia"), "melancolía" y locura maniaco-depresiva, que están ya ahí antes de su intervención. Pero, por otra parte, introduce en la psicopatología –bajo el efecto de la problemática de la causalidad inconsciente, esta misma inducida de la clínica analítica– avanzadas como las que él redefine profundamente.

Se habrá de subrayar en particular el que forje *entidades nosográficas* inéditas confiriéndoles una *etiqueta metapsicológica*.

La noción central de la primera teoría freudiana es la de "psiconeurosis (o neuropsicosis) de defensa" –cuya principal especie es la "histeria de defensa". Se habrá de notar que el concepto "protometapsicológico" de defensa (véase *supra* la p. 51) sirve para caracterizar, y en consecuencia para designar y nombrar, una clase psicopatológica, que abarca además neurosis (obsesiva, histérica) y psicosis (paranoia): "neuropsicosis de defensa". Igualmente, habrá de tratarse de "histeria de conversión" y de "histeria de angustia" (este último término introducido en 1908 por W. Stekel que Freud afirma haberle sugerido).

En segundo lugar, Freud introduce la dualidad de la "neurosis de transferencia" y de la "neurosis narcisista", que abarca globalmente la oposición entre neurosis y psicosis. Por lo demás, es Jung el que, en su texto "Sobre la psicología de la demencia precoz" introdujo la expresión "neurosis de transferencia" (1907) para oponerla a la psicosis, en una inspiración de nuevo totalmente freudiana. Se caracteriza por la capacidad de los pacientes para invertir su libido en objetos, en contraste con las psicosis o "neurosis narcisistas" que se oponen a las "neurosis actuales".

Como lo plantea en las *Conferencias de introducción al psicoanálisis*, las neurosis de transferencia y las neurosis narcisistas son dos formas diferentes de "psiconeurosis", que se oponen a las "neurosis actuales".

3. *Neurosis y psicosis*

Sin embargo, cada una de las nociones de esta dualidad habrá de evolucionar.

Por una parte, es notable que Freud acabe por designar como "neurosis de transferencia" exactamente al estado creado por la cura analítica, remplazando la neurosis "natural" por medio del significado transferencial y convirtiéndola con ello en algo tratable como "enfermedad artificial". ¿Significa esto que la expresión pasó de un sentido metapsicológico a un sentido de "técnica" analítica? De hecho, resulta precisamente revelador que el mismo vocablo pueda designar a uno y a otro, cuando la transferencia es una noción al mismo tiempo –e indisociablemente– "técnica" y metapsicológica.

Por otra parte, en una segunda fase, la "neurosis narcisista" aparece como un conjunto intermediario –y que en realidad sólo contiene un elemento, pero importante: el complejo maniaco-depresivo (*Duelo y melancolía*, 1916) y la melancolía *stricto sensu* (*Neurosis y psicosis*, 1924): el concepto metapsicológico mayor de narcisismo (véase *supra* la p. 75) sirve en consecuencia para calificar un estado psicótico de una particular índole, en el que la patología trae a la expresión la coincidencia de una falla narcisista y una pérdida de objeto, conectándose a un duelo patológico.

Por lo demás, la teoría metapsicológica, por medio de la noción de "psiconeurosis", modifica la extensión misma de entidades conocidas –como histeria y neurosis obsesiva. La renovación es aquí tan importante que estas nociones se encuentran redefinidas. En el primer caso, Freud renueva una entidad secular; en el segundo, construye una entidad, más allá del síndrome obsesivo. La consideración de la causalidad inconsciente tiene en consecuencia efectos de *recalificación clínica y psicopatológica.*

En algunos casos, esto justifica una resistencia a la innovación terminológica. Es así como, cuando Bleuler introduce el término "autismo" –para designar una forma de psicosis o de neurosis narcisista (mucho antes de que fuera "reinventado" por Kanner, en 1943, para designar una forma de patología precoz del niño)–, Freud se niega a "ir detrás", conservando el término "autoerotismo", al que, afirma desde 1907, está demasiado acostumbrado como para cambiar de vocabulario. Detrás de esta modesta cuestión terminológica, se expresa la necesidad de hacer que los conceptos psicopatológicos conserven su resonancia y su agudeza metapsicológicas.

4. *Fobias y perversiones*

Fuera de la gran división neurosis/psicosis, Freud renueva las nociones que le plantean a la psicopatología un problema de límites.

La *fobia* es una categoría psicopatológica constituida en el último cuarto del siglo XIX –en el momento en que se producen su nombramiento y enumeración: de la "agorafobia" y de la "claustrofobia" a la "dismorfofobia" y la "zoofobia".

Freud aporta un nuevo punto de vista respecto a esta cuestión: por una parte, a la "pululación" de las fobias, catalogadas sin fin, opone la *fobia* como algo que testimonia la histeria de angustia; por la otra, propone una etiología central, la de la angustia de castración. La "fobia del caballo" del pequeño Hans permite comprender, en un momento crítico de la elaboración edípica, la irrupción de este temor, en la que el caballo simboliza al padre –como eco a la teoría del totemismo desplegada en *Tótem y tabú*.

La *perversión* es igualmente renovada.

Por una parte, en cuanto a que la multiplicidad de las "aberraciones sexuales" está referida a una teoría pulsional articulada: los *Tres ensayos* ordenan alrededor de la teoría pulsional el abigarramiento de las pulsiones –según si el objeto o el objetivo de la pulsión se encuentra desviado.

Por la otra, en cuanto a que la perversión define una cierta posición –de negativa– frente a la castración –lo que le da todo su alcance al "fetichismo" (*Fétichisme*, 1927; cf. P.-L. Assoun *Le fétichisme*, PUF, Que sais-je?, 1994).

Lo fundamental está en señalar, en estos dos casos simétricos, la apertura que representa la metapsicología hacia la extensión y la comprensión de las nociones. Ahí en donde el saber psicopatológico se reduce a inventariar las fobias y las perversiones, como si fueran "especies", el saber metapsicológico introduce en ellas una racionalidad explicativa, que permite pensar su utilidad clínica. Se notará que la *angustia de castración* (véase *supra* la p. 72) adquiere su valor como operador metapsicológico de la clínica.

5. Metapsicología del síntoma somático

Es necesario darle aquí un espacio a la contribución propiamente freudiana al problema del síntoma llamado más tarde "psicosomático".

Problema determinante desde la "conversión" histérica y que se encontró implicado en las reformas fundamentales de la metapsicología. En contraste con todo dualismo psicosomático, la originalidad freudiana ante esta dimensión, tal y como la presentamos en otra parte,[1] consiste en captar el cuerpo a través de su dinámica libidinal (véase *supra* la p. 73), narcisista (véase *supra* la p. 77) y hasta en sus posibilidades de desvínculo mortífero (véase *supra* la p. 86). El síntoma somático implica una "acción interna" o "autoplástica" (Ferenczi) que permite que la fantasía encuentre expresión por medio de los órganos mismos.

Freud hace sobre todo alusión en su *Metapsicología* a una cierta "prerrogativa importante del *Ics*": esta quinta característica que se añade a los rasgos del "sistema" inconsciente (véase *supra* la p. 38) Freud afirma habérsela "divulgado" a Groddeck, en una carta del 5 de junio de 1917: es "la afirmación de que el acto inconsciente tiene una acción plástica interna sobre los procesos somáticos, como nunca llega a cumplirse en el acto consciente" (G. Groddeck, *Ça et moi*, Gallimard, 1977, p. 43). Es esta correlación entre "acto inconsciente" y "procesos somáticos" lo que representa el postulado de una metapsicología del cuerpo.

6. *Clínica y metapsicología del acto*

Esto permite tomar en cuenta eso que es posible llamar los "actos-síntomas" y lo que la metapsicología puede esclarecer de los mismos.

Los pasos al acto y traslados al acto son esclarecidos según los diversos estados de la metapsicología.

---

[1] Paul-Laurent Assoun. *Leçons psychanalytiques sur Corps et symptôme*, Anthropos/Économica, 1997, 2 vols.

En una primera etapa, se refieren a la tensión de los "principios" de "placer" y de "realidad" –lo que permite relacionar el paso al acto y la descarga pulsional análoga a la experiencia de satisfacción (véase *supra* la p. 45)–, en oposición a la acción *(Handlung)* que remite al principio de realidad y a la función de autodominio (véase *supra* la p. 81). Después Freud localiza en el acto original de asesinato del padre (véase *infra* la p. 116) lo que vincula acto y transgresión de lo prohibido, confiriéndole un significado edípico. Por último, el acto resulta aquí vinculado a la función de repetición que permite su articulación con el desvínculo entre pulsiones de vida y pulsiones de muerte –sin dejar de representar al mismo tiempo una activación de la "inhibición" (del "acto impedido" al "acto-síntoma").

Esta función de repetición se expresa en el corazón mismo de la cura, en la dimensión de la transferencia, en su dimensión de *agieren (acting out)* (véase *infra* la p. 110) que se trata de simbolizar en tal forma que contribuya al trabajo de rememoración.

7. *Metapsicología del "enfermar"*

La metapsicología es escritura teórica de la clínica en sí misma, excepto cuando se tropieza con la pregunta: ¿cómo se opera el paso a la enfermedad *(Erkrankung)*? Se puede determinar su trazado a partir del conflicto pulsional, del destino patógeno del conflicto y del desbordamiento económico. En una síntesis ambiciosa, Freud distingue cuatro tipos de entrada en la enfermedad (neurótica): "Por frustración, a raíz de una modificación del mundo exterior; mediante el fracaso de la tentación de adaptarse a la realidad, en función de dificultades internas insuperables, o bien por inhibición del desarrollo frente a la exigencia de la realidad; por último, cuando la cantidad de libido en la vida psíquica abre las vías de la regresión" ("Sobre los tipos de contracción de neurosis", 1912).

Sucede igualmente que Freud descifre "el mecanismo de las perturbaciones psíquicas" a la luz de una "*tópica* del proceso de represión": "En las neurosis de transferencia, es la investidura *Pcs* lo que se retira, en la esquizofrenia el del *Ics*, en la *amentia* el del *Cs*" *(Complemento metapsicológico a la doctrina de los sueños).*

8. *El proceso analítico y sus operadores metapsicológicos*

La terapia analítica se articula alrededor de nociones que en sí mismas gozan de una condición metapsicológica.

La *resistencia*, ese factor que obstaculiza el trabajo analítico, viene a representar la fuerza de oposición a la salida a la luz de los síntomas. Lejos de ser un simple obstáculo técnico, es lo que acaba por manifestar las fuerzas de la represión. Resulta entonces legítimo considerar que es el concepto dinámico mayor del proceso analítico. La resistencia es incluso el indicio de lo reprimido, es decir, de la relación con el núcleo patógeno. En realidad, "las resistencias a la curación" representan "mecanismos de defensa contra antiguos peligros" *(Análisis terminable e interminable).*

Existe algo todavía más preciso: la "segunda tópica", notable hito de la dinámica metapsicológica (véase *supra* la p. 87), tiene como efecto una tipología de las formas de resistencia: resistencia del *ello* –atracción de los prototipos reprimidos–, resistencia del *superyó* –que da cuenta de la "reacción terapéutica negativa"–, triple forma de resistencia del *yo*: represión, resistencia de transferencia y beneficio secundario de la enfermedad *(Inhibición, síntoma y angustia)*.

La *transferencia* puede abordarse mediante la resistencia, en la medida en que, como lo muestra "el amor de transferencia", en el momento en el que los contenidos reprimidos están a punto de ser actualizados es cuando cristaliza la pasión transferencial. Existe efectivamente en ese sentido "una resistencia de transferencia" (véase *Observaciones sobre el amor de transferencia*, 1915).

Más allá, la transferencia es ese acontecimiento renovado con cada acto analítico, es decir: en el corazón mismo de la relación analítica. No deja por ello de implicar una caracterización metapsicológica –lo que hay que subrayar para nuestro propósito. La transferencia *(Ubertragung)* es literalmente un desplazamiento de afectos –"positivos" y "negativos"– de los imagos infantiles a la persona del analista.

Esto coloca al análisis bajo el doble signo de la rememoración y de la repetición o del accionar *(agieren)*, tensión al mismo tiempo mantenida y superada en la "reelaboración" *(Durcharbeitung)* de las resistencias *(Recordar, repetir, reelaborar,* 1914).

La metapsicología, teoría de lo normal y de lo patológico. De este recuento, surge una doble comprobación.

Por una parte, sin dejar de ser una herramienta de desciframiento de lo patológico, en contraste con la psiquiatría que es, a los ojos de Freud, un conjunto de "ensayos puramente descriptivos" que buscan reunir en "síndromes" algunos fenómenos observados y objetivados *(Conferencias de introducción al psicoanálisis)*, la metapsicología adquiere el alcance de una especie de "metapsiquiatría" (para parafrasear el neologismo que se nos presenta, véase *supra* la p. 13).

Por la otra, es, en un mismo movimiento, una teoría de los procesos normales. Así es como hay que entender la recomendación freudiana de cuidarse, después de evitar la Caribdis de la subestimación del papel –patógeno– de la represión, de Escila: o sea, "evaluar totalmente lo normal con el rasero de la patología" (*Psicología de las masas y análisis del yo*, cap. XII).

Freud ofrece la metáfora portadora de esta articulación entre "patológico" y "normalidad": "Ahí en donde la patología nos muestra una fractura o una grieta, normalmente puede hacerse presente una articulación. Cuando dejamos caer un cristal al suelo, éste se quiebra, pero no de cualquier manera, estalla según sus direcciones de escisión en fragmentos cuya delimitación, aun cuando es invisible, estaba no obstante determinada previamente por la estructura del cristal. Los enfermos de la mente se asemejan a esas estructuras rajadas y hechas añicos" (*Nuevas conferencias de introducción al psicoanálisis*, O.C., XXII, p. 55). Aparece aquí indicado, con una precisión mineralógica, el *sujeto del síntoma*, o sea, la inclusión de la psicopatología en la metapsicología.

9

METAPSICOLOGÍA Y ANTROPOLOGÍA

Ahora ya es posible percatarnos de que la metapsicología, además de su función primordial de superestructura teórica del psicoanálisis, contiene potencialidades de extensión a aquellos campos fenoménicos que, al mismo tiempo que son la frontera del campo psicoanalítico, imponen su incursión.

No es una casualidad si el inconsciente analítico, según sus características, no cabe en la "psicología" *stricto sensu*, aunque sí trae a cuento interrogaciones que pueden referirse a la antropología (excepto que, debido a eso mismo, se renueve esta última noción).

La metapsicología, como teoría de los procesos inconscientes, es la concepción de lo *colectivo* –en sus modalidades *cultural* y *social*.

1. *La metapsicología como "psicomitología" crítica*

Existe memoria de que la primera aparición del término "metapsicología" en un texto publicado fue en *Psicopatología de la vida cotidiana*, en 1904 (véase *supra* la p. 10). Ahora bien, en esta acepción, el término designaba un proyecto: el de "descomponer... los mitos relativos al paraíso y al pecado original, a Dios, al bien y al mal, a la inmortalidad, etc., y traducir la *metafísica* en *metapsicología*" (*O.C.*, VI, p. 251). ¿Cómo entender ese proyecto?

En realidad, la metapsicología adquiere sentido como desconstrucción de "la concepción mitológica del mundo". Los "mitos" aparecen como algo que tuvo su origen "psicológico" en la vivencia de los hombres, pero esta misma es "transpuesta en entidades metafísicas": "El oscuro conocimiento de los factores y de los hechos psíquicos del inconsciente (dicho de otra manera: la percepción endopsíquica de esos factores y de esos hechos) se refleja... en la construcción de una *realidad suprasensible*, que la ciencia vuelve a transformar en una *psicología del inconsciente.*"

Es necesario evaluar correctamente el significado de este proceso: la "metapsicología" adquiere aquí su dimensión de ciencia desconstructiva de los mitos. Si la "concepción mitológica y religiosa del mundo" no es otra cosa sino "una psicología proyectada en el mundo exterior", la metapsicología tiende a reinterpretarlas con el lenguaje de los procesos inconscientes. La metapsicología se convierte en ciencia crítica de los mitos o "psicomitología" crítica. Es en eso en lo que de alguna manera adquiere su alcance de antropología cultural crítica, ciencia del origen –inconsciente– y de la producción de los mitos. La metapsicología es, en ese sentido radical, ciencia humana, entendiendo que ella asigna el contenido endógeno de esas "producciones".

2. *Metapsicología, mística y ocultismo*

Si el psicoanálisis es efectivamente "un fragmento de tierra desconocida ganada a las creencias populares y al misticismo", como lo dicen las *Nuevas conferencias*, la metapsicología, lejos de acreditar una dimensión "oculta", desmitifica al "ocultismo". Correlativamente, en lo que se refiere de manera irracional a la mística y al ocultismo, reconoce la acción de procesos justificables del enfoque por parte de la "ciencia del inconsciente", despejando de esa manera el "núcleo de verdad", ocultado por lo demás por la "psicología sin inconsciente".

Ya vimos *supra* (pp. 11-12) el perjudicial efecto de "falso doble" de la "parapsicología" y de la "metapsicología". Freud, fundamentalmente escéptico en lo que se refiere al ocultismo, sostuvo algunos intercambios con la Sociedad de Investigación Psíquica para la que incluso redactó su *Nota sobre el inconsciente en psicoanálisis* (1912) que representa una especie de introducción metapsicológica elemental. Sobre el conjunto del corpus relativo a esta cuestión, véase Christian Moreau, *Freud et l'occultisme*, Privat, 1976.

Resulta notable que la introducción de la segunda tópica haya hecho posible algunas avanzadas metapsicológicas en ese terreno. Es así como la mística encuentra su significado a través de la posibilidad, descriptible tópicamente, de que se establezcan algunas relaciones entre el "ello" y el "yo", de tal suerte que algunos movimientos pulsionales, normalmente inadvertidos, se vuelvan oscuramente accesibles al yo. Este "desarreglo" de las relaciones habituales entre las "circunscripciones psíquicas" (*Nuevas conferencias de introducción al psicoanálisis*, O.C., XXII, p. 73) hace posible "la autopercepción oscura del reino, más allá del Yo, del Ello" (véase nuestro comentario en *L'entendement freudien, op. cit.*, p. 127 del aforismo freudiano de 1938).

Por otra parte, Freud examina el problema de la "telepatía" –término forjado en 1882 por Gurney y Myers para designar la supuesta comunicación a distancia de dos "espíritus" –en una serie de escritos, de "Psicoanálisis y telepatía" (1921), "Sueño y telepatía" (1922) hasta "Sueño y ocultismo" (1932). Lo que se revela en sustancia, de manera puntual, es que resulta posible dar cuenta de algunos efectos de "transmisión de pensamiento" por medio de los efectos de resonancia del "deseo inconsciente", incluida la relación transferencial, en el corazón mismo del análisis.

3. *Metapsicología de lo social: la metapsicología "aplicada"*

Otra pista es aquella que, a través de la indagación sobre la represión, conduce a Freud a interrogarse respecto a los orígenes del vínculo social. Es un hecho indiscutible que existe una aportación, al mismo tiempo fundamental y diversificada, del psicoanálisis a las ciencias sociales, como ya lo establecimos en otra parte.[1] Es necesario subrayar aquí que esta contribución freudiana a lo colectivo pone en función los mismos operadores metapsicológicos que la psicología del inconsciente supuestamente "individual".

Existe incluso algo más preciso: "La sociología, que trata del comportamiento de los hombres en sociedad, no puede ser otra cosa más que una psicología aplicada. Estrictamente hablando, en realidad no

---

[1] L.-P. Assoun, *Freud et les sciences sociales. Psychanalyse et théorie de la culture*, Armand Colin, 1993.

existen más que dos ciencias, la psicología, pura y aplicada, y la física" (*Nuevas conferencias de introducción al psicoanálisis*, O.C., XXII, p. 166). Posición epistemológica extremadamente depurada, definida por esos dos "polos", el "psicológico" y el "físico" –que corresponden a los dos polos de la psique y de lo real. Pero si caemos en la cuenta de que la verdadera psicología no es otra cosa, a los ojos de Freud, sino la "metapsicología", entonces la sociología puede ser considerada en última instancia como una "metapsicología aplicada". Por consiguiente, es un medio para precisamente evitar "psicologizar" lo social, mostrando el *reverso inconsciente del vínculo social*.

Es posible incluso detectar la repercusión respecto al problema de lo colectivo de la evolución de la metapsicología descrita más arriba (véanse las pp. 67, 75 y 85): a la teoría de la libido, corresponde *Tótem y tabú*; a la introducción del narcisismo, *Psicología de las masas y análisis del yo*; a la emergencia de la pulsión de muerte, El *malestar en la cultura*.

4. La "metasociología" freudiana

El asesinato del padre *(Vatermord)*, acto originario del vínculo social y mediante el cual los hijos rebeldes pusieron fin a la "horda primitiva", decide también respecto a la socialización de lo prohibido del incesto –el tabú– pero también a su reproducción –en el tótem y, con ello, a la entrada en la cultura.

Aun cuando la expresión "metapsicología de lo social" se encuentre ausente del texto freudiano, es posible considerar que *Tótem y tabú* elabora algo así como una "metasociología", puesto que se trata de poner en evidencia el reverso –inconsciente– del vínculo social. El rechazo de lo "inconsciente colectivo" (jungiano) como pleonasmo, conduce a trabajar el tema de lo colectivo. Si "lo inconsciente es fundamentalmente colectivo" (*Moisés y la religión monoteísta*, O.C., XXIII, p. 127), lo colectivo cae legítimamente en el campo de la metapsicología.

Esto supone la consideración de una dimensión "filogenética", es decir, de una correlación entre el desarrollo "ontogenético" del devenir individual y el devenir de la especie *(phylum)*. Aun cuando esta hipótesis se refiere a un modelo embriológico ("ley de Haeckel"; véase nuestra *Introduction à l'épistémologie freudienne*, pp. 194-214), está destinada a dar cuenta de esa impronta relativa a una relación simbólica en el desarrollo del sujeto. Esta hipótesis se manifiesta en múltiples niveles metapsicológicos: teoría del afecto, teoría de la fantasía –"fantasías originarias" *(Urphantasien)*–, teoría del vínculo social y de la noción de una "psique colectiva".

5. *Metapsicología y "psicología social": los destinos del ideal*

El paso de lo individual a lo colectivo, en el plano inconsciente, es descriptible en términos tópico-dinámicos, en referencia al ideal del yo, instancia que Freud despeja siguiendo las huellas del narcisismo (véase *supra* la p. 76). Es el ensayo de "psicología colectiva" el que extraerá la definición metapsicológica de la "multitud convencional" o institución colectiva primaria como "una suma de individuos que han puesto un único objeto en el lugar de su ideal del yo y que, en consecuencia, se identificaron en su yo" (*O.C.*, XVIII, pp. 109-110). Se ve la serie metapsicológica ideal del yo –objeto– como un yo que tiene como efecto el de desconstruir la noción de "individuo". Ésta implica entonces una escritura gráfica en el sentido definido más arriba como correlato de la tópica (véase *supra* la p. 39), que se encuentra definida en el esquema presentado al final del capítulo VIII del ensayo.

El ideal del yo encierra, por ende, como Jano, dos "rostros", uno que se orienta hacia lo individual y el otro hacia lo colectivo. El sujeto entra en lo colectivo o en la multitud ("multitudinándose") mediante la socialización del ideal del yo. Esta instancia tópica que es el *Idealich*, auténtica "pasarela", reduce entonces la dualidad de los planos.

Correlativamente, la identificación –cuya importancia en el plano metapsicológico es conocida (véase *supra* las pp. 80-81)– adquiere su densidad propiamente social. El nudo identificatorio colectivo es consecuencia de la colectivización del ideal del yo.

6. *Psicopatología de lo social*

Es posible percatarse además de que la *Psicopatología de la vida cotidiana* localiza, mediante la referencia al lapsus, los actos fallidos, los olvidos, etc., los síntomas que señalan el surgimiento del sujeto inconsciente en la escena social, con sus efectos de perturbación de la "comunicación" intersubjetiva, lo que revela el reverso inconsciente del vínculo social.

Por último, encontramos en Freud la noción de una "angustia social". El "superyó colectivo" se forja efectivamente como una forma social de la angustia, misma que se coloca después de la angustia de separación y de la angustia de castración *(Inhibición, síntoma y angustia)*.

Es posible hablar con toda legitimidad, en ese sentido, y más allá de la analogía, de "síntoma social".

Respecto a esta noción y a sus prolongaciones, remitimos a nuestro estudio sobre *Le préjudice et l'idéal. Pour une clinique sociale du trauma*, 1999, así como a la serie "Psychanalyse et pratiques sociales", bajo la dirección de Paul-Laurent Assoun y Markos Zafiropoulos, I: *La règle sociale et son au-delà inconscient*; II. *La haine, la jouissance et la loi* (Anthropos/Économica, 1994 y 1995).

7. *Metapsicología de la ilusión: religión, cultura y política*

La "hechicera" es incluso convocada, en un momento decisivo, para pensar fenómenos que conciernen a la esencia de lo colectivo: religión y cultura por una parte, y guerra y Estado por la otra.

El metapsicólogo une, en ese sentido, lo que sí le importa —de *El porvenir de una ilusión* (1927) a *El malestar en la cultura* (1930)—, en la medida en que se ha seguido el trayecto, del ideal de la cultura a los efectos de la pulsión de muerte desde las "De guerra y muerte. Temas de actualidad" (1915), en donde ha sido tomada en cuenta la representación del duelo y de la pérdida hasta *¿Por qué la guerra?* (1932).

La necesidad psicológica a la que la religión responde encuentra su origen en la experiencia de desamparo y en el "complejo paterno". El *Aukflärer* se convierte aquí en metapsicólogo para mostrar el arraigo de la ilusión religiosa en el deseo ardiente de padre *(Vatersehnsucht)*, localizado en el vínculo social.

Igualmente, el problema aparentemente atemporal de las pulsiones de muerte y de su traducción en "pulsiones de destrucción" se encuentra actualizado a través de la guerra: "A partir de nuestra doctrina pulsional mitológica –puede de ese modo afirmar Freud– encontramos fácilmente una fórmula para los recursos indirectos de lucha contra la guerra" (*O.C.*, XXII, p. 195).

Esto vale para el malestar en la cultura, donde se dejan sentir los efectos de desvínculo en el plano colectivo y las "decepciones" de la guerra en la que se revela la verdad del Estado de los tiempos de paz. No es entonces casual que la introducción de las pulsiones de muerte permita localizar la oposición de Eros y de Tánatos en el fundamento mismo del malestar.

8. *La sublimación o la incertidumbre metapsicológica*

La sublimación, ese "destino de la pulsión" (véase *supra* la p. 48), "modificación del objetivo" pulsional acompañado por un "cambio de objeto" que juega un papel determinante en la "evaluación cultural", es designada por Freud como un punto de incertidumbre metapsicológica: no hay prácticamente nada mejor, como lo comprueba *El malestar en la cultura*, que comprender la elevación de la "ganancia de placer" a partir de las fuentes del trabajo y de la elaboración cultural (*O.C.*, XXI, p. 79). Por eso resulta fácil comprender su anudamiento en el caso de Leonardo de Vinci *(Un recuerdo de infancia de Leonardo de Vinci)*. La "hechicera" debe conformarse en este caso con tomar nota de la "sublimación de las pulsiones", punto focal de paso de la economía pulsional a los destinos culturales. Es designándola como "punto de incertidumbre" como la metapsicología rodea probablemente de la mejor manera la esencia de la sublimación, en su ser inconsciente y en sus consecuencias, estéticas y literarias (véase respecto a este punto nuestro *Littérature et psychanalyse. Freud et la création littéraire*, Ellipses/Marketing, 1995).

Resulta finalmente que aquello que se designa como "psicoanálisis aplicado" no es más que la metapsicología bien entendida, es decir, concebida en extensión, en relación con los "campos" en los que el inconsciente se refracta. Hace que se entienda "la hipótesis del inconsciente" en el corazón de lo colectivo. El "diagnóstico" metapsicológico respecto al malestar en la cultura permite prevenir la imaginarización de lo social: lo que la sociedad identifica como violencia es el retorno a lo real de una discordancia y de un malestar interiores a la cultura misma.

10

LA METAPSICOLOGÍA DESPUÉS DE FREUD

La metapsicología de Freud ha formado parte de su herencia, de la que representa de manera muy natural el florón teórico: puesta inmediatamente a trabajar por sus primeros discípulos, pasó a las "pérdidas y ganancias" de los analistas que la reivindican.

Ahí en donde los "disidentes" Alfred Adler y Carl Gustav Jung remplazan pura y simplemente a la metapsicología por una "psicología general" –de la personalidad y del *self*– o una "psicomitología", la filiación freudiana se compromete con una indefectible adhesión al proyecto metapsicológico –contando por lo demás con la aportación junguiana (psicología del yo y narcisismo) y adleriana (pulsión de poder y castración). El asunto es de importancia: ¿se puede sostener que el psicoanálisis supone la adhesión y la fidelidad inquebrantable a la metapsicología, o bien la clínica es capaz de adaptarse a otra clase de "racionalidad"; o incluso cada analista está en posición de sostener su praxis, de "amañar" su propia metapsicología, para uso particular e incluso "privado"? Es indiscutible que el mismo Freud, como ya lo vimos, es el primer usuario de su metapsicología (véase *supra* la p. 84). Pero, a partir de ese momento, ¿cómo evitar la "babelización" dentro de la construcción del edificio analítico?

La pregunta tiene primeramente que ver con las

grandes corrientes y ramas del "movimiento psicoanalítico". ¿Qué acaba siendo "la metapsicología" después de Freud? Esta pregunta debe desdoblarse:

• Por una parte, tiene que ver con la herencia de la metapsicología, o sea, con el devenir de sus diversos componentes en el corazón mismo de las síntesis posfreudianas (kleinismo, psicología del yo, teoría del *self* y de la relación de objeto) y hasta con Lacan, promotor del "regreso a Freud": ¿qué han hecho de la metapsicología?

• Por otra parte, plantea el problema de saber si la metapsicología conserva, entre los principales representantes de esas corrientes, su condición de *princeps* de eje de la teoría analítica (véase *supra* la p. 10), o si se encuentra completada, e incluso sustituida, por "modos de racionalidad" alternativos.

Estos dos puntos deben ser tratados en forma cruzada, pues algunos "posfreudianos" revisan la metapsicología al mismo tiempo que la utilizan, mientras otros la rechazan en sí misma.

Recordemos que, a los ojos de su creador, la metapsicología es esencialmente susceptible de perfeccionamientos, siendo eminentemente *work in progress*. Sin embargo es conveniente apreciar lo que es progreso efectivo en la inteligibilidad de los procesos. Ya vimos más arriba la importancia de diferenciar continuidad e innovación y de seriar los "complementos" y las "revisiones" (véase *supra* la p. 84). De hecho, existe una cosecha de conceptos postfreudianos.[1] Queda por captar el movimiento general: no es casual el que fuera dentro del marco de las "Grandes controversias" en el seno de la Sociedad psicoanalíti-

---

[1] Ofrecemos un recapitulativo en nuestro *Psychanalyse*, PUF, "Premier Cycle", 1997, p. 690.

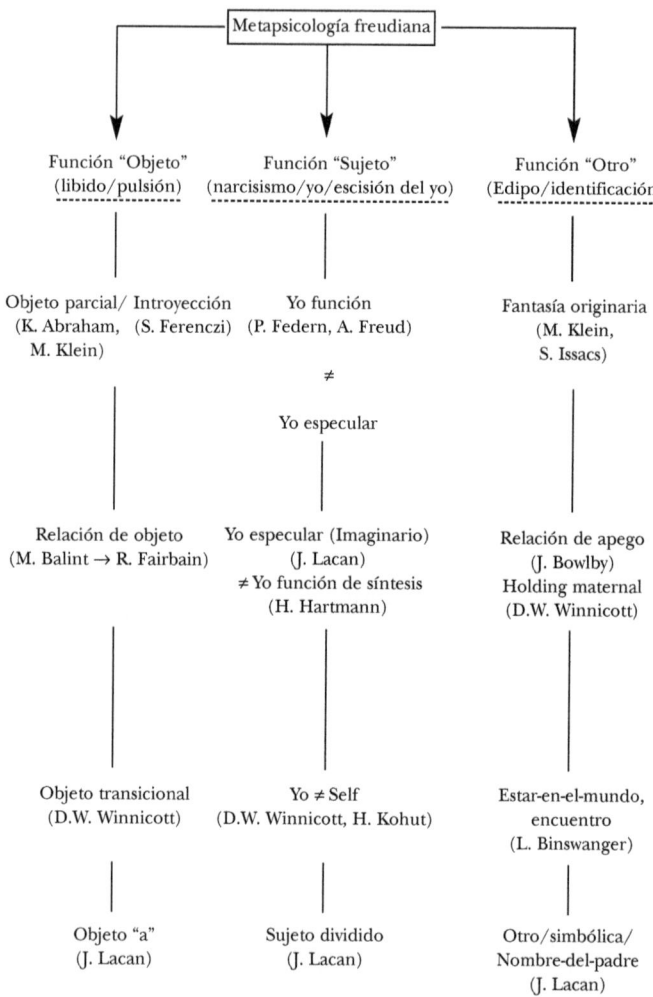

*Cuadro recapitulativo de las principales innovaciones posfreudianas.
Posteridad de la metapsicología.*

ca británica, entre "kleinianos" y "annafreudianos", donde la cuestión de la inmutabilidad de la metapsicología freudiana se evocara con más frecuencia (véase más abajo el debate E. Glover-S. Issacs).

Será posible juzgar, por medio de este cuadro, la ramificación conceptual de las "innovaciones" teóricas posfreudianas, según los nuevos "datos" del juego "posmetapsicológico": dimensiones del *objeto*, del *sujeto* y de la *alteridad*, representaciones de las dimensiones de la metapsicología freudiana.

I. LA METAPSICOLOGÍA REVISITADA

1. *De la "metapsicología de Freud" a sus puestas al día: Abraham y Ferenczi*

Los primeros discípulos de Freud hicieron un uso muy activo de su metapsicología, sin dejar de acentuar una dimensión de la misma, como para construirse un imperio.

El ejemplo más representativo es el de Sandor Ferenczi (1873-1933), uno de los que mejor comprendieron la ambición de la disciplina freudiana y a quien dedicó una notable presentación, con motivo de una conferencia sobre "La metapsicología de Freud", pronunciada en Viena en 1922 frente a los psicoanalistas ingleses y norteamericanos, a fin de demostrar su importancia, como si presentara las desviaciones "pragmatistas" que se perfilaban desde ese momento. El recordatorio de la ambición de la metapsicología sirve como antídoto a una reducción empirista de la práctica.

Pero, además de sus originales avanzadas metapsicológicas (introyección), Ferenczi, en sus *Essais bioanalytiques*, como en su ensayo *Thalassa*, ensayo sobre "los orígenes de la vida sexual", radicaliza su ambición explicativa en espera de lograr una "unión" con la biología, no por biologización del psicoanálisis, sino para despejar algunas lecciones de la metapsicología para uso de las ciencias de la vida –a través de una "mirada metapsicológica y metabiológica" (carta a Freud del 26 de octubre de 1915). Esto da lugar a un "utraquismo", combinando uno y otro *(uterque)* enfoques, a través del interior y del exterior (el de las ciencias naturales). Correlativamente, se pone énfasis en la dimensión traumática, a lo que el mismo Freud respondió en su *Vista de conjunto de las neurosis de transferencia*, aquel ensayo inconcluso de su *Metapsicología*, en donde sitúa la aparición de las neurosis y de las psicosis relacionadas con la "angustia de lo real" ¡vinculada a la historia del globo terrestre!

El otro ejemplo es el de Karl Abraham (1877-1925) quien, por su parte, toma la metapsicología a la letra, especialmente en su núcleo –la teoría pulsional-libidinal–, pero insertándola por una parte en un "desarrollismo" libidinal estricto, y por la otra apostando a la noción de "amor parcial de objeto", que abre la vía al "objeto parcial" kleiniano. Este complemento metapsicológico, directo heredero de la inspiración freudiana, habría no obstante de proporcionar argumentos a la revisión kleiniana de algunos de los postulados de la metapsicología.

La reflexión relativa al narcisismo radicalizada da lugar en Lou Andreas-Salomé o en Michael Balint (teoría del "amor primario") a "extrapolaciones" con respecto al modelo metapsicológico original. Las revisiones se oponen a esos desarrollos: la de Otto Rank (1884-1934), concentrando el conjunto en la traumatología (del nacimiento, 1924) o la de Wilhelm Reich (1897-1957), reelaborando la teoría de la libido a partir de la "función del orgasmo" al dar prioridad a la satisfacción genital.

2. *El kleinismo o el enclave metapsicológico*

La escuela de Melanie Klein (1882-1960) tiene una forma bastante distintiva de apoyarse en el vocabulario freudiano fundamental, sin dejar al mismo tiempo de introducir en éste inflexiones decisivas, por una parte, y por la otra añadiéndole elementos exógenos.

Desde el primer punto de vista, dos nociones freudianas –las de objeto (pulsional) y fantasía– han sido retomadas, promovidas y finalmente convertidas en los gérmenes de una reorganización de la metapsicología. Correlativamente, a partir de la noción de "mecanismos", se encuentra introducida esa otra noción, ajena a la metapsicología freudiana, de "posiciones" (paranoide, esquizodepresiva). Lo esencial se encuentra situado en la oralidad y en la fase precoz de relación con el objeto materno, en tanto que se propone la aparición del superyó.

Fue precisamente la revisión de la noción de fantasía –como "fantasía inconsciente"– por parte de Suzan Issacs, siguiendo las huellas de la utilización kleiniana, lo que dio lugar a la acusación más explícita de acuchillamiento de la metapsicología freudiana.

El 27 de enero de 1943, Edward Glover declara que eso equivalía a "elaborar una nueva metapsicología", cosa en la que, según él, fracasó. Pues la autora de *Nature et fonction du phantasme* "menosprecia, desdeña o no ha comprendido esas partes de la metapsicología de Freud". El error del kleinismo es en este caso el de "confundir los conceptos del aparato psíquico con los mecanismos psíquicos funcionando en el niño" (*Les controverses Anna Freud –Melanie Klein, 1941-1945*, editadas por Pearl King y Riccardo Steiner, 1991, PUF, 1996, p. 240) lo que equivale a un "antropomorfismo psíquico". El "grupo de conceptos ordenados por Freud" es remplazado por "postulados" (p. 304). Esta carga –que señala una ruptura histórica– termina en un ultimátum: "Afirmo que es imposible mantener la compatibilidad de sus ideas con las teorías freudianas admitidas. Es imposible conservarlas ambas" (p. 305). Ello da lugar por lo demás a un bello elogio de los "conceptos fundamentales de Freud", que "resistieron la prueba del tiempo", por ser "conceptos operacionales fundamentales que atañen al aparato psíquico" (17 de marzo de 1943, p. 365). Resulta esencial recordar que "la fantasía, en el sentido freudiano, se producirá en todos los niveles del aparato psíquico" (p. 367).

Glover tuvo el mérito de formular la pregunta respecto a si "la metapsicología kleiniana" tendría "la amplitud o la suficiente validez para servir como fundamento a una nueva metapsicología".

Pregunta formulada el 21 de septiembre de 1942 (p. 538) en relación con los trabajos de S. Issacs y de P. Heimann (p. 637) y a la que naturalmente él responde negativamente. Lo que surge de este debate, es que los kleinianos "se verían tarde o temprano obligados a producir una metapsicología adaptada a sus tesis", dudando entre tratar a Freud "simplemente como a un pionero que en muchos aspectos había sido superado y tratar de injertar sus propias teorías en la psicología de Freud" (20 de octubre de 1943, p. 502). La discusión se dramatiza, lo que indica el alcance del momento: "Si esas distorsiones de la metapsicología freudiana pudieran efectuarse sin ser atacadas, eso permitiría que cualquiera declarara cierto lo que tal o cual otro piensan del contenido del inconsciente" (17 de diciembre de 1943, p. 638). Como lo dirá en su carta de renuncia a la Sociedad Británica de Psicoanálisis: "La nueva metapsicología kleiniana... no solamente se opone de manera fundamental a la metapsicología freudiana, sino que puede servir como ejemplo a cualquier otra teoría clínica, la que sus defensores decidirían sacar a la luz" (24 de enero de 1944, p. 757). En su respuesta, P. Heimann reafirma su fidelidad: "Sostenemos con toda firmeza, junto a Freud, que la metapsicología es 'la plena realización de la investigación psicoanalítica'" (16 de febrero de 1944, p. 657), al mismo tiempo que rechaza la sobrestimación de la distinción entre la metapsicología y los hechos clínicos.

Sin abjurar de la metapsicología freudiana, el kleinismo le ha dado una (in)flexión y ha construido un "enclave". Al definir la "fantasía" como "contenido primario" inconsciente, el kleinismo realiza una radicalización pero también una nivelación de la teoría freudiana de la fantasía, referida a las diversas estratificaciones tópicas (véase *supra* la p. 55). Es sin duda revelador que la flexibilización del rigor metapsicológico vaya acompañada de un regreso a posiciones respecto a una especie de "Inconsciente" mayúsculo, en nombre de lo "preedípico". Además, la metapsicología de alguna manera deja de trabajar entre los kleinianos, puesto que ya ha fijado sus operadores (objetos, fantasías, posiciones).

3. *La egología metapsicológica: de Paul Federn a Anna Freud*

Es en Paul Federn (1871-1950) en quien se encuentra el esfuerzo más señalado para poner en el centro de la explicación la instancia del *yo*. Mediante un procedimiento original –y es cierto que poco apreciado por

Freud–, Federn estudia los fenómenos, de la despersonalización, de los fenómenos de extrañeza en las psicosis, que implican una desinvestidura libidinal del yo. Tomemos nota solamente para nuestro propósito que esto mismo supone el desplazamiento del eje de una aprehensión metapsicológica de la instancia del yo (véase *supra* la p. 78) a un enfoque "fenomenológico" en el sentido definido más arriba, puesto que se trata de echar mano de una "autoobservación". En realidad, Federn define el yo fenomenológicamente, "sentido y conocido por el individuo como la continuidad duradera o recurrente de la vida corporal y mental desde el punto de vista del tiempo, del espacio y de la causalidad", luego "sentido y aprehendido por él como una unidad" –con riesgo de volver a inyectar esos logros en una metapsicología revisada del yo (*La psychologie du moi et les psychoses*, PUF, p. 101).

Aparece aquí la posición de Anna Freud (1895-1982); como lo indica su principal texto *El yo y los mecanismos de defensa* (1936), la metapsicología se encuentra descifrada a partir del eje del yo, cuya panoplia defensiva ha sido detallada. Esta posición se mantiene dentro de la metapsicología freudiana, pero en ese sentido modifica su complejidad –lo que hará de ella una aliada objetiva de las "rectificaciones" del *ego psychology* (véase *infra*).

II. LA METAPSICOLOGÍA RECTIFICADA

1. *La "relación de objeto" o el "ocaso" de la teoría de la libido.*

Para los teóricos de la "relación de objeto" (Fairbairn), la metapsicología en su totalidad es desplazada de ser una teoría de la libido a una teoría de la "relación de objeto". El "objeto" pierde su dimensión de insatisfacción e incluso de satisfacción para adoptar una dimensión realista y relacional –ahí en donde el uso metapsicológico freudiano de la noción *(Objektbeziehung)* la limitaba a las ocurrencias de la pérdida (melancolía) (*Duelo y melancolía, O.C.,* XIV, p. 249).

Esta exigente revisión de la metapsicología desemboca en un vaciado del contenido libidinal. Lo que organiza el desarrollo y sus síntomas, así como la angustia fundamental, sería el temor de perder el objeto. La libido deja de ser *pleasure-seeking* para convertirse en *object-seeking,* buscando de esa manera el objeto y no el placer.

2. *De las psicologías del yo a las teorías del self*

En Heinz Hartmann (1894-1970) se produce lo que Heinz Kohut proclama como "un paso hacia adelante, aparentemente sencillo, pero que resultó decisivo para la metapsicología psicoanalítica: la separación de los conceptos del yo y del sí mismo" (*L'analyse du self,* prólogo, p. 5). Se puede sospechar que ese "paso hacia adelante" representa una regresión radical con respecto a lo que Freud se había ocupado en construir en el plano metapsicológico. La noción de *self* es propiamente antinómica de la racionalidad metapsicológica.

Freud lo había formulado desde 1907: el concepto de "personalidad" está metapsicológicamente vacío: "Personalidad" –le escribe a Karl Abraham– de la misma manera que el concepto de yo… es una expresión poco determinada, que pertenece a la psicología de las superficies y que, para la comprensión de los procesos reales, para la *metapsicología* en suma, no proporciona nada en particular. Simplemente, nos inclinamos a creer que al utilizarla hemos dicho algo que posee un contenido" (21 de octubre de 1907, en S. Freud, K. Abraham, *Correspondance*, Gallimard, 1969, p. 20). Toda una corriente del posfreudianismo no ha dejado de querer darle un contenido a ese término y a sus derivados, "yo" y "*self*".

¿Qué es el *self* o "sí mismo"? Una especie de "persona total", de evidencia vital y de polo narcisista. En suma, volvemos a este lado de la instancia –lo que equivale, señalémoslo, a "desencajarlo" de la teoría del "aparato psíquico". Tendríamos efectivamente muchos problemas en tratar de conciliar la idea del *self* –sea cuales fueren sus definiciones– con la exigencia de representación tópica. Y con razón: este "dato" está hecho para pensar lo que es irreductible a la idea misma de "instancia psíquica". Esta "psicología general" vuelve de esa manera al presupuesto material de la metapsicología que es el aparato psíquico (véase *supra* la pp. 29ss.). La reintroducción de una "personalidad psíquica" vuelta a unificar anula pura y simplemente cualquier esfuerzo de "descomposición" emprendido por el metapsicólogo.

Correlativamente, admitir un sector del Yo libre de conflictos (psicosexuales) es arruinar la dinámica. El añadido de una dimensión "genética", es decir, de una "psicología del desarrollo" (tanto en H. Hartmann, E. Kris y R.M. Löwenstein como en O. Fenichel) va en ese mismo sentido.

3. *La teoría del apego: del objeto al vínculo*

La llamada de atención respecto a un tipo de comportamiento instintivo de apego implica una importante revisión de la metapsicología. El muy preciso ejercicio al que se entrega John Bowlby en el apéndice del primer tomo de su suma *Apego y pérdida* (1969) caracteriza de la mejor manera la operación: demostrar que la subestimación del vínculo de la madre hacia el niño por parte de Freud, a expensas de la teoría del objeto –que Freud no descubrió sino muy tardíamente– exige una nueva actualización. Pero ésta equivale precisamente a especificar la metapsicología freudiana por medio de una teoría etológica, es decir, que postula un "apego", especie de instinto –*primary drive*– anterior a toda "relación de objeto".

La teoría de una "pulsión de asimiento" (Imre Hermann, 1933) es utilizada para fundar aquella idea de un apego original. Se trata más bien, desde el punto de vista freudiano, de volver a descubrir el apego como problema: o sea, lo que crea vínculo, mediante el destino del apuntalamiento pulsional, en el sentido definido más arriba, de las pulsiones sexuales con respecto a las pulsiones de autoconservación.

III. LA METAPSICOLOGÍA DE NUEVO PREPARADA

1. *Winnicott o el indiferentismo metapsicológico*

En Donald W. Winnicott (1896-1971), la metapsicología acaba siendo literalmente puesta fuera de uso, a partir de una inaptitud empeñada en realizar un auténtico análisis metapsicológico –lo que no le impide aprovechar las perspectivas freudianas, a partir de una libertad con respecto a las referencias teóricas, e incluso de un "ateorismo".

La confesión de 1954 es en este caso particularmente elocuente: "Poseo una manera irritante de decirlas (las cosas) en mi propio lenguaje *en lugar de aprender a utilizar los términos de la metapsicología psicoanalítica*. Intento saber por qué desconfío tan profundamente de esos términos. ¿Es debido a que pueden ofrecer la apariencia de una comprensión común, cuando en realidad no existe semejante comprensión? ¿O bien es debido a algo dentro de mí? Podría tratarse, desde luego, de ambas cosas" (carta a Anna Freud del 18 de marzo de 1954, en *The spontaneous gesture*, 1987, cursivas nuestras).

La negativa winnicottiana por utilizar "términos de la metapsicología psicoanalítica" (aún más según Anna Freud o según Melanie Klein que respecto a la metapsicología freudiana) procede de una especie de nominalismo, es decir, del rechazo a manejar el "asunto" a través de las "palabras" que, dada su univocidad, pueden acreditar la ilusión de una "comprensión". Es por lo que prefiere inventar de alguna manera su propio "idiolecto", al margen de la metapsicología: "Soy uno de esos que siente la obligación, para trabajar, de seguir su propio camino y de expresarse antes que nada con su propio lenguaje" (carta a David Rapoport del 9 de octubre de 1953, *op. cit.*, p. 92). Pero Freud, precisamente, no procedía de otra manera, a pesar de que la metapsicología es ese lenguaje que hace posible una objetivación y una transmisión más allá del propio "lenguaje" personal, ahí en donde Winnicott se desalienta ante semejante "universalización". Es en ese sentido en el que confiesa honestamente "no haber sido absolutamente capaz de participar durante mucho tiempo en una discusión metapsicológica" (carta a Balint del 5 de febrero de 1960, *op. cit.*, p. 179). Existe entonces efectivamente una ruptura por parte de Winnicott con el texto metapsicológico freudiano, al tiempo en que éste habla incluso de sus "inhibiciones para leer a Freud" (carta a Ernest Jones del 22 de julio de 1952).

Si esta desconfianza de Winnicott da pruebas de una actitud "sana", también muestra las limitaciones de esa "inhibición metapsicológica". Desde el primer punto de vista, Winnicott no se siente efectivamente muy tentado por tratar los conceptos freudianos como "palancas" explicativas, lo que sucede demasiado a menudo, o de instalarse en una "jerga" que induzca a confundir la representación de palabra (analítica) con la cosa (clínica). Pero desde el segundo punto de vista, la creación de nuevas palabras originales conlleva una imprecisión intuitiva que se presta igualmente a los "malos usos": además del *self* y de no poder definir a la "madre suficientemente buena" o "mala", existe la tendencia a confiar en intuiciones o bien clínicamente fecundas, o bien generadoras de confusión.

La contribución winnicottiana, de una originalidad de alguna manera inimitable –del "objeto transicional" a la teoría del *handling/holding* maternal–, no sería capaz de aproximarse a la densidad de la aportación metapsicológica freudiana. Winnicott instaura no obstante, a pesar de esta limitación teórica o gracias a ella, una refrescante relación con la experiencia analítica y puede permitirse, en tanto que libre investigador, interpelar a Freud como "investigador" –lo que hizo a fondo–, despejando de esa manera el espíritu freudiano de su carta (metapsicológica).

2. *La metapsicología, ¿"caja de herramientas"?*

Es posible reunir bajo esta rúbrica a todas las "cajas de herramientas" en las que figura la metapsicología.

Así, cuando la "psicosomática" psicoanalítica arguye la necesidad de pensar una causalidad apropiada a la producción del síntoma somático –más allá de la lógica conversional correlativa al conflicto inconsciente de la histeria (véase *supra* la p. 102)–, llega a una curiosa operación, como lo muestra la construcción de Pierre Marty: combinación de elementos –disparejos– de la metapsicología freudiana y de una teoría del desarrollo, mediante la involución de las funciones. Esto equivale a desconocer que la metapsicología es *ipso facto* teoría y clínica del cuerpo (véase *supra* la p. 107).

Para algunos analistas confrontados a configuraciones psicopatológicas, resulta necesario revisar lo que se presenta como un límite de la metapsicología, en particular supuestamente demasiado concentrada en las neurosis. De ahí la necesidad de una "reinterrogación relativa al modelo metapsicológico" a la luz de las psicosis (Piera Aulagnier) –a partir de un "modelo de aparato psíquico" que privilegia resueltamente "la actividad de representación". Ésta permite archivar las esferas de lo *originario* ("pictograma"), de lo *primario* y de lo *secundario* (*La violence de l'interprétation. Du pictogramme à l'énoncé*, PUF, 1975).

Es otra de las cosas que habremos de encontrar en las tentativas de "reescritura".

IV. LA METAPSICOLOGÍA REESCRITA

1. *Fenomenología y metapsicología: la causa y el sentido*

Para la "fenomenología" o "análisis existencial" *(Daseinsanalyse)*, la metapsicología, que rinde tributo a los modelos fisicalistas del siglo XIX, debe ponerse al día mediante una *teoría del sentido*, como lo afirma Ludwig Binswanger (1881-1966). Es incluso ejemplar de una relectura "hermenéutica" del inconsciente, que devalúa la investigación de las causas.

Esto equivale a añadir al "causalismo" freudiano algo así como un suplemento, si no de "alma", al menos sí de "significación". El "psicoanálisis existencial" relee el contenido inconsciente en términos de intencionalidad, de estar-en-el-mundo y de "encuentro" (con el otro). "Comprender" se adelanta a "explicar" –lo que lleva al psicoanálisis, "ciencia de la naturaleza", según Freud, al regazo de la hermenéutica.

2. *Bion o el álgebra elemental de la experiencia analítica*

En W.R. Bion (1897-1979), la metapsicología es remplazada por una escritura que obedece a un "álgebra" absolutamente específica, que perfecciona desde *Aux sources de l'éxperience* (1962) hasta los *Éléments de la psychanalyse* (1963).

Bion vuelve al problema originario de la teoría psicoanalítica aportándole al mismo como respuesta una investigación de los "elementos del psicoanálisis". La preocupación práctica del formalismo de Bion, quien por lo demás integra las conquistas kleinianas, es, por una parte, la de fijar el significado de los términos básicos de la experiencia analítica, y por la otra, la de hacer posible la comunicación dentro del movimiento psicoanalítico. La "abstracción" bioniana está destinada a evitar la "babelización".

Estos elementos deben ser representativos, articulables entre sí, y "deben poder formar un sistema científico deductivo". Es decir: la dualidad "continente/contenido", dispersión/integración, los vínculos derivados de amor, de odio y de conocimiento, y por último la razón, el dolor, los sentimientos y emociones.

Lo que resulta, es una "tabla" que representa un "sistema de notación y de registro" de la experiencia. Ésta se despliega en un eje doble:

- horizontal y que define los usos que pueden hacerse de los pensamientos: definición-negación-notación-atención-investigación-acción (anotados mediante cifras que van del 1 al 6);
- vertical y que desarrolla una génesis del pensamiento: es aquí donde aparece la distinción entre elementos-beta y elementos-alfa, los que inauguran una serie: pensamiento del sueño y mitos, preconcepción, concepción, concepto, sistema científico deductivo, cálculo algebraico (anotados por letras que van de la A a la H).

De esa manera la teoría del pensamiento y el pensamiento de la teoría están estrechamente articuladas –lo que refleja la necesidad, fundamental en Bion, de ver surgir el pensamiento del objeto mismo de la experiencia analítica. Formalismo y empirismo aparecen estrechamente ligados.

3. *Lacan: de lo metapsicológico al matema*

Para Jacques Lacan (1901-1981), la idea de una metapsicología se encuentra rechazada, remplazada por una concepción diferente –la de los "matemas"–, haciendo uso al mismo tiempo de algunos de los más detallados conjuntos de la metapsicología freudiana, con la salvedad de "transliterarlos" para uso de su propia teoría.

Al introducir el "matema" (1971) Lacan, como habrá de notarse, pondera la tentativa bioniana de formalización. El efecto de Lacan en la metapsicología es de esa manera contrastado. Por una parte, rechaza la idea de una "metapsicología" por dos razones decisivas: en la medida en que busca la inteligibilidad de los procesos inconscientes fuera de la psicología, o sea, en una teoría del significante; en segundo lugar, por el hecho de que ésta rechaza la idea de un "metalenguaje". La "metapsicología", entonces, pierde al mismo tiempo su "meta" y su "psicología", asemejándose a partir de ahí al cuchillo de Lichtenberg sin mango al que le falta la hoja...

Pero, por otra parte, de todo su trayecto destaca el hecho de saber aprovechar –es cierto que mediante una reescritura apretada–, algunas "piezas" decisivas de la metapsicología. Lacan, a su manera, hace trabajar entonces magníficamente a "la hechicera", encontrando en ella "informaciones" fundamentales, retraducidas a su propio "idiolecto". Esta operación equivale en una primera etapa a transferir el lenguaje del proceso a aquel otro de la "retórica": "desplazamiento" y "condensación", mecanismos mayores de las formaciones inconscientes, se convierten en "metáfora" y metonimia.

Lacan es, por una parte, quien contribuyó a hacer que el término cayera en desuso, e incluso en descrédito epistemológico; por la otra, es quien habrá hecho más por demostrar su fecundidad –véase "Les quatre concepts fondamentaux de la psychalayse", 1964: el inconsciente, la pulsión, la repetición y la transferencia.

Bien mirado, en la construcción lacaniana encontramos la consideración, desplazada, de las exigencias metapsicológicas:

- la tópica es remplazada por una *topología*, o sea, por un estudio de las estructuras en términos de "límite" y "continuidad", especialmente del conjunto RSI (Real-Simbólico-Imaginario);
- la dinámica de las fuerzas es remplazada por el automatismo del *significante*;
- la económica se encuentra del lado del *disfrute* y de una "plusvalía", que incrementa el "más allá del principio de placer".

Además los elementos del álgebra lacaniana –el sujeto (tachado), el Otro y el objeto (a)– remiten a las diversas coordenadas de la lógica freudiana del inconsciente.

Esto permite por una parte el despliegue de una dialéctica de la necesidad, de la demanda y del deseo; por la otra, el que se distingan las modalidades de la "falta de objeto" –frustración (necesidad imaginaria de un objeto real), privación (necesidad real de un objeto simbólico) y castración (necesidad simbólica de un objeto imaginario), que permite revisar la teoría de la "relación de objeto" *(supra)* al mismo tiempo que inscribe una dialéctica de la necesidad.

El examen de la posición de Lacan merece que se concluya el examen de esta "posthistoria" de la metapsicología. Resulta que las posturas posfreudianas con respecto a la metapsicología, más allá de su diversidad, proceden de una misma estrategia, a la que habrá podido caracterizarse, parodiando los términos "políticos", de reformistas, revisionistas, indiferentistas y "refundadoras", si el "freudismo" hubiera sido una doctrina. Se parte de una ampliación –en la vertiente del objeto-relación de objeto–, del sujeto-*self*–, de la alteridad –apego, y sus principios terminan introduciendo, en el corazón de la metapsicología, una especie de "caballo de Troya", que obliga no solamente a añadir un capítulo o una revisión, sino una racionalidad exógena. En realidad, el freudismo es efectivamente pensamiento de lo real, de lo inconsciente. El mérito del "retorno a Freud" consiste en haber replanteado el problema de la *ratio* freudiana en su meollo.

CONCLUSIÓN

RETOS Y ACTUALIDAD DE LA METAPSICOLOGÍA

Este trayecto al país de la metapsicología nos coloca frente a una última interrogación: ¿qué es lo que permanece vivo de esta disciplina, qué fue lo que señaló el acto de fundación –y de refundación– del psicoanálisis?

¿La metapsicología es ese órgano que, al haber permitido la creación del psicoanálisis, estaría en adelante desprovisto de función, de suerte que hubiera motivos para remplazarla por otras racionalidades? Esta pregunta, que ha sido puesta en perspectiva histórica a través de los avatares posfreudianos de la teoría analítica, pide aquí ser recobrada en sí misma.

Es necesario recordar las ambiciones de la metapsicología.

Por una parte, es el garante de la capacidad propiamente explicativa del psicoanálisis. Otorga efectividad a la búsqueda de una teoría de la causalidad psíquica, renovada por la consideración de los procesos inconscientes –aquello que no existe precisamente en las concepciones descriptivas (psiquiátricas), como en las que buscan una forma de explicación exógena (neurobiológica). La metapsicología, entonces, es de hecho una *respuesta a la impotencia explicativa de las otras teorías psíquicas*, que flaquean al explicar –cuando no, como la psiquiatría, por "causas remotas"–, sin dejar de mantener la especificidad de esos procesos, en contraste con las explicaciones "exógenas" (especialmente la de las "neurociencias").

Por otra parte, es la puesta por escrito de una psicopatología, con respecto a la clínica en su singularidad: es una "sintomatológica". Por consiguiente, también es una respuesta a la producción de explicaciones generalistas –auténticos "modelos de confección" (seudo)explicativos.

La metapsicología sigue siendo entonces de actualidad, en el momento mismo en que, por una parte, los fundamentos de una psicopatología fundamental se encuentran disminuidos por el rechazo de toda teoría de la causalidad y en el que, por otra parte, la clínica se ve reducida a una tipología empírica de síndromes –lo que ilustra el *Manual diagnóstico y estadístico de los trastornos mentales* (desde su primera versión, en 1952, reactualizada periódicamente desde hace unos cuarenta años hasta el *DMS-IV*, 1995).

Correlativamente, la metapsicología mantiene una referencia con el *sujeto* y su entrada en una causalidad significante propia. Freud había tomado una posición contra el "behaviorismo" –como destructor de esta referencia al sujeto y objetivación ilusoria– y relativizado la endocrinología, cuyos progresos percibía. En el plano terapéutico, las terapias comportamentales –anticipadas por las terapias breves contemporáneas del mismo Freud– se apoyan en una confusión de síndromes patológicos –aislados de su contexto causante–, repitiendo el error señalado por Freud, en sus *Estudios sobre la histeria*, de aquellos que atribuyen una patología al susto de una jovencita sobre la que salta un gato en la oscuridad, cuando en realidad no se trata sino del pretexto de un trauma sexual: "¿En cuántos casos no se toma a un gato como causa eficiente y suficiente?" Es sin embargo a eso a lo que asistimos, de tal suerte que merecería pasar al estado de adagio: las teorías comportamentales toman al gato (causa ocasional) por una causa real –¡y a "la presa por la sombra"!

Asistimos entonces a una regresión espectacular y en un sentido sin precedentes, del espíritu clínico, dividido entre "positivismo", pragmatismo obtuso y oscurantismo –puesto que aquello que revela el síntoma se ve reducido a un "trastorno" desconectado de toda causalidad psíquica. La caída en desuso de la metapsicología es un efecto mayor de esta regresión teórico-clínica –y existen motivos suficientes para que se produzca una reintroducción de la metapsicología.[1]

Ésta reactiva decididamente la importancia de la teoría, pero dentro del corazón mismo de la clínica. Como lo expresa bellamente Freud en una carta a Ferenczi, contemporánea de su *Metapsicología*: "Considero que no hay que elaborar teorías –éstas deben caer de improviso en la casa, como huéspedes a los que no se había invitado, mientras está uno ocupado en los detalles..." Dicho de otra manera: la teoría no es un conjunto de generalidades, es una necesidad imperiosa, pero que nace del seno mismo de los "detalles" de la práctica clínica. El "ateorismo", la ausencia de teoría de la que da pruebas el actual movimiento, revela precisamente *a contrario* una total ausencia de sentido clínico, y por consi-

---

[1] Tal es el sentido de nuestra *Introduction à la métapsychologie freudienne* (PUF, "Quadrige", 1993) donde se encuentra detallado el trabajo metapsicológico presentado aquí globalmente.

guiente de la necesidad de *pensar el síntoma*. Lo que es sorprendente en estos extraños psicopatólogos, es la total ausencia de necesidad de "huéspedes" –lo que demuestra que su casa está "vacía"...

Evaluada a la luz de la regresión que semejantes concepciones de la teoría y de la clínica representan, es posible volver a examinar la idea que la metapsicología misma "fecha". Aparece incluso sorprendentemente joven, frente a las repeticiones de estereotipos y prejuicios de las supuestas "neoteorías" –que resultan ser odres "disfrazados", prácticamente desprovistas de vino nuevo.

La metapsicología representa de esa manera no una disciplina arcaica, ni una herramienta perfeccionada, lista para usarse: se trata de un extraordinario *recurso de pensamiento de la clínica, recobrado por el inconsciente*, hasta la fecha en realidad no igualado. Representa una "brújula" para orientarse en el espacio del síntoma y para dibujar un espacio de la *psique*.

La metapsicología representa, además, como ya lo vimos, un movimiento espontáneo, inherente a su naturaleza de alguna manera epistémica, de *expansión hacia las ciencias de lo colectivo*. La metapsicología *es* intrínsecamente antropología física y social. Tal es su considerable ambición, sabiendo que ésta se reduce a introducir en todos esos "campos" disciplinarios la mediación del objeto faltante, inconsciente, haciendo con ello mismo mediación, al mismo tiempo universal y parcial –puesto que lo inconsciente es aquello que se omite en todas partes. Si la "ciencia del hombre" se confirma como ciencia de "aquello que le falta al hombre", la metapsicología es su figura apropiada.

Correlativamente, la metapsicología es un *com-*

promiso de racionalidad correlativo al compromiso del *analista en su acto*. No resulta exagerado afirmar que la metapsicología representa una especie de "superyo teórico" del analista, en cada momento de su praxis en que se plantea el problema de *la inscripción en conocimiento* de su *real clínico*. La metapsicología es la otra escena del acto analítico, la parte simbolizada de su real. La metapsicología es en ese muy específico sentido la decisión de entender, correlativa a la ética de lo inconsciente. El mismo Freud recordaba la necesidad de "un ápice faustiano" para acercarse a esas "cosas últimas".

Existen entonces razones para apostar que el momento de llamar a la hechicera al rescate es siempre de actualidad y que ésta tiene todavía mucho que decir respecto a "las cosas últimas", a los "grandes problemas del conocimiento y de la vida",[2] captadas a través de lo real inconsciente...

---

[2] *Más allá del principio de placer*, O.C., XVIII, p. 58.

BIBLIOGRAFÍA

Abraham, Karl, *Œuvres psychanalytiques*, Payot, 2 vols.
Assoun, Paul-Laurent, *Le freudisme*, PUF, "Que sais-je?", 1990.
– *Freud, la philosophie et les philosophes*, PUF, 1976; "Quadrige", 1995.
– *Introduction à l'épistémologie freudienne*, Payot, 1981; 1990 [*Introducción a la epistemología freudiana*, México, Siglo XXI, 1982].
– *Freud et Wittgenstein*, PUF, 1988; "Quadrige", 1995.
– *Introduction à la métapsychologie freudienne*, PUF, "Quadrige", 1993.
– *Psychanalyse*, PUF, "Premier Cycle", 1997.
– *Leçons psychanalytiques sur "Le regard et la voix", "Corps et symptôme", "Frères et sœurs"*, Anthropos/Economica, 1995; 1997; 1998.
Binswanger, Ludwig, *Discours, parcours et Freud*, Gallimard, 1970.
Bion, Wilfred Ruprecht, *Éléments de la psychanalyse*, PUF, 1979.
Ferenczi, Sandor, *Œuvres complètes*, Payot, I-IV.
Freud, Sigmund, *Métapsychologie*, Gallimard.
– *Vue d'ensemble sur les névroses de transfert*, Gallimard, 1986.
– *Obras completas*, I-XXIII, Buenos Aires, Amorrortu, 1976.

Sobre el detalle, véase la genealogía de la metapsicología freudiana recapitulada en la p. 68.

Klein, Melanie, *Essais de psychanalyse*, Payot, 1967.
Kohut, Heinz, *Le Soi*, PUF, 1974.
Lacan, Jacques, *Écrits*, Seuil, 1966 [*Escritos 1* y *2*, México, Siglo XXI, 1984].

- *Le Séminaire*, Seuil.
Laplanche, Jean, *Problématiques*, I-IV, PUF.
Laplanche, Jean, Pontalis, Jean-Bertrand, *Vocabulaire de la psychanalyse*, PUF, 1968 [*Diccionario de psicoanálisis*, Barcelona, Labor, 1983].
Pontalis, Jean-Bertrand, *Après Freud*, René Juillard, 1965.
Viderman, Serge, *La construction de l'espace analytique*, Denoël, 1971.
Les controverses Anna Freud-Melanie Klein, reunidas y anotadas por Pearl King y Riccardo Steiner, PUF, 1996.

ÍNDICE

INTRODUCCIÓN: METAPSICOLOGÍA Y PSICOANÁLISIS   7

La metapsicología o el otro nombre del psicoanálisis, 9; La metapsicología freudiana: para una definición, 10; La metapsicología no escrita, 17; Concepto metapsicológico y clínico, 20; Concepto metapsicológico y "sistema" psicoanalítico, 21; El "inconsciente" freudiano, "meta-objeto", 23

PRIMERA PARTE: EL OBJETO METAPSICOLÓGICO: El INCONSCIENTE

DE LA "FENOMENOLOGÍA" A LA METAPSICOLOGÍA   25

1. EL APARATO PSÍQUICO O EL IMPERATIVO TÓPICO   29

1. El postulado del "aparato psíquico", 31; 2. El microscopio de la psique, 33; 3. De "la otra escena" a la tópica: el sueño, 34; 4. El "entendimiento tópico": el paraje inconsciente, 36; 5. El "sistema inconsciente", 38; 6. El "grafismo" tópico: la escritura metapsicológica, 39

2. LA PULSIÓN O EL CONCEPTO METAPSICOLÓGICO   41

1. La "doctrina pulsional", mitología del psicoanálisis, 41; 2. La pulsión, concepto metapsicológico fundamental, 42; 3. La pulsión, concepto-límite, 43; 4. Pulsión y sexualidad, 44; 5. Pulsión y deseo: la experiencia de satisfacción, 45; 6. Pulsión, representación y afecto, 45; 7. Las "pulsio-

nes fundamentales", 46; 8. La pulsión y sus destinos, 47

3. LA REPRESIÓN O EL OPERADOR DINÁMICO 49

1. La represión, "piedra angular" metapsicológica, 49; 2. "Defensa" y represión, 51; 3. El "álgebra" de la represión: representación y afecto, 52; 4. La noción de "psicosexualidad", 53; 5. Las formaciones inconscientes: gramática metapsicológica, 53; 6. Lo reprimido "extrasintomático", 55

4. LA CANTIDAD O EL FACTOR ECONÓMICO 57

1. El problema de la cantidad: la homeostasis, 57; 2. La economía pulsional, 59; 3. El deseo "económico", 60; 4. Economía libidinal y neurosis, 61; 5. El trauma a prueba en la metapsicología, 62

SEGUNDA PARTE: LAS FIGURAS Y LAS EDADES DE LA METAPSICOLOGÍA

5. LA TEORÍA DE LA LIBIDO O LA FUNDACIÓN
METAPSICOLÓGICA 67

1. "Teoría de la libido" y metapsicología, 67; 2. La génesis libidinal, 69; 3. Teoría del objeto y objeto de la castración, 71; 4. La libido y lo infantil: el "complejo de Edipo", 72; 5. Cuerpo y psique: metapsicología del cuerpo, 73

6. NARCISISMO Y (META)PSICOLOGÍA DEL YO 75

1. De Edipo a Narciso, 75; 2. Las consecuencias de la introducción del narcisismo, 76; 3. La teoría del yo: funciones metapsicológicas, 78; 4. La identificación y su promoción metapsicológica,

80; 5. Metapsicología de la realidad: "yo-placer" y "yo-realidad", 81

7. LA METAPSICOLOGÍA REVISADA 84

1. La revisión del dualismo pulsional: la "pulsión de muerte", 85; 2. La revisión de la tópica: "yo", "ello" y "superyó", 87; 3. La revisión de la teoría de la angustia, 90; 4. El complemento a la teoría del objeto: el "preedípico", 90; 5. La revisión del sujeto: la inflexión del yo, 91; 6. La diversificación de los actos psíquicos: la función de "marcha atrás", 92; 7. De la interpretación a la "elaboración", 94

TERCERA PARTE: DESTINOS DE LA METAPSICOLOGÍA

8. METAPSICOLOGÍA, CLÍNICA Y PSICOPATOLOGÍA 99

1. La metapsicología, teoría de "la salud", 100; 2. Nosografía freudiana y sello metapsicológico, 101; 3. Neurosis y psicosis, 104; 4. Fobias y perversiones, 105; 5. Metapsicología del síntoma somático, 106; 6. Clínica y metapsicología del acto, 108; 7. Metapsicología del "caer enfermo", 108; 8. El proceso analítico y sus operaciones metapsicológicas, 109

9. METAPSICOLOGÍA Y ANTROPOLOGÍA 112

1. La metapsicología como "psicomitología" crítica, 112; 2. Metapsicología, mística y ocultismo, 113; 3. Metapsicología de lo social: la metapsicología "aplicada", 115; 4. La "metasociología" freudiana, 116; 5. Metapsicología y "psicología social": los destinos del ideal, 117; 6. Psicopatolo-

gía de lo social, 118; 7. Metapsicología de la ilusión: religión, cultura y política, 119; 8. La sublimación o la incertidumbre metapsicológica, 120

10. LA METAPSICOLOGÍA DESPUÉS DE FREUD

I. La metapsicología revisitada: 1. De la "metapsicología de Freud" a sus puestas al día: Abraham y Ferenczi, 125; 2. El kleinismo o el territorio metapsicológico, 127; 3. La egología metapsicológica: de Paul Federn a Anna Freud, 129; II. La metapsicología rectificada: 1. La "relación de objeto" o el "ocaso" de la teoría de la libido, 130; 2. De las psicologías del yo a las teorías del *self*, 131; 3. La teoría del apego: del objeto al vínculo, 132; III. La metapsicología vuelta a preparar: 1. Winnicott o el indiferentismo metapsicológico, 133; 2. La metapsicología, ¿"caja de herramientas"?, 135; IV. La metapsicología reescrita: 1. Fenomenología y metapsicología: la causa y el sentido, 136; 2. Bion o el álgebra elemental de la experiencia analítica, 137; 3. Lacan: de lo metapsicológico al matema, 138

CONCLUSIÓN: RETOS Y ACTUALIDAD
DE LA METAPSICOLOGÍA   143

BIBLIOGRAFÍA   149

formación: cecilia pereyra
tipografía: new baskerville 10/12
impreso en servicio fototipográfico, s.a.
francisco landino 44, col. miguel hidalgo
c.p. 13200
dos mil ejemplares y sobrantes
1 de abril de 2002

www.ingramcontent.com/pod-product-compliance
Ingram Content Group UK Ltd.
Pitfield, Milton Keynes, MK11 3LW, UK
UKHW041945230426
12048UKWH00008B/142